DE LANDWEG

Regina Ullmann

De landweg

Verhalen

Vertaald uit het Duits door
Josephine Rijnaarts

Met een nawoord van
Peter Hamm

Lebowski Publishers, Amsterdam 2016

De vertaalster ontving voor deze vertaling een werkbeurs van het Nederlands Letterenfonds

N ederlands
letterenfonds
dutch foundation
for literature

Oorspronkelijke titel: *Die Landstraße: Erzählungen*
Oorspronkelijk uitgegeven door: Insel Verlag, 1921; Nagel & Kimche, 2007
© Regina Ullmann, 1921
© Vertaling uit het Duits: Josephine Rijnaarts, 2016
© Nederlandse uitgave: Lebowski Publishers, Amsterdam 2016
Omslagontwerp: Dog and Pony, Amsterdam
Auteursfoto: © Kantonsbibliothek Vadiana St. Gallen
Typografie: Crius Group, Hulshout

ISBN 978 90 488 2732 9
ISBN 978 90 488 2733 6 (e-book)
NUR 302

www.lebowskipublishers.nl
www.overamstel.com

OVERAMSTEL
uitgevers

Lebowski Publishers is een imprint van Overamstel uitgevers bv

Opgedragen aan
Ellen Delp
in bewondering

Inhoud

De landweg

Deel een

Het was zomer, maar een jongere zomer dan nu, een zomer die nog evenveel jaren telde als ik. Toch was ik niet blij, niet echt blij, maar ik moest het zijn op de manier waarop iedereen het was. De zon zette me in brand. Hij laafde zich aan het groene heuveltje waarop ik zat, een heuveltje met een bijna heilige vorm, waarop ik het stof van de landweg was ontvlucht. Want ik was moe. Ik was moe omdat ik alleen was. Die lange landweg voor en achter me... De bochten die hij rond het heuveltje beschreef waren niet bij machte, de populieren waren niet bij machte, zelfs de hemel was niet bij machte hem van zijn troosteloosheid te ontdoen. Ik was bang omdat die weg me al na een klein eindje had meegetrokken in zijn ontreddering en misère. Het was een lugubere landweg. Een alwetende landweg. Een weg speciaal voor mensen die op de een of andere manier in de steek waren gelaten.

Uit protest haalde ik mijn proviand uit mijn bescheiden reisbagage. Door de warmte was alles oneetbaar geworden. Ik moest het weggooien. Zelfs de vogels zouden het niet meer hebben gelust. Door het gevoel niets te eten of te drinken te hebben kreeg ik ook nog eens honger en dorst. En er was nergens een bron te bekennen. Alleen het heuveltje zelf leek diep in zijn binnenste, onbereikbaar voor mij, het geheim van een bron te herbergen. En ook al had ik gehoopt dat er ergens in de buurt een bron zou zijn, dan nog was ik er niet naar op zoek gegaan. Ik was moe en zonder tranen toch het huilen nabij.

Waar waren de afbeeldingen die me zo gezegend door mijn kinderjaren hadden geholpen? Ik vond ze op dit heuveltje lijken. Maar toch ook weer niet, want ik zat daar nu. En ik hoorde niet meer op zo'n afbeelding thuis. Ik toverde me een ander tafereel voor ogen, want door de waarheid, die ik mezelf niet bespaarde, had ik tegenover het leven de koppige houding van een bedelaar aangenomen. Ik wilde een ideaal hebben, een ideaal (als de oude me dan al waren afgepakt) dat bij mijn bestaan paste. En ik herinnerde me een schilderij van de jonge Rafaël, dat de droom van een jongeling voorstelde. De zuiverheid van dat schilderij had me altijd verkwikt. Ook vandaag. Maar ik had die zuiverheid niet meer. Dat beeld uit mijn jeugd leek op het heuveltje te groeien en mij naar beneden te duwen, naar de stoffige landweg. Maar ik was nog niet helemaal uitgeput.

Boven op die heuvel welfde zich in mijn geest het reusachtige bed van de heilige Anna. Een engel hield het baldakijn in de wolken. Eronder waren vrouwen, veel vrouwen, liefdevol in de weer. Ze baadden een pasgeboren kind, Maria. De een bracht een kruik, de ander hield doeken gereed. Alles op dat schilderij ademde liefde en vreugde, de zuiverste vreugde die er op aarde bestaat. Ik wendde mijn blik af. Werktuiglijk keek ik omlaag naar de landweg. Om mij heen was niets van dat alles. Ik was alleen op die heuvel, in zekere zin uitgewezen uit mezelf. Niemand weet hoe dat voelt, tenminste niet wanneer hij zich thuis voelt bij struiken en bomen en ze als bed, als kist, als schraag gebruikt, wanneer er in alle levensfasen een ruikertje voor hem klaarligt. Het is voor hem bestemd. Was het God, was het zijn vader, zijn jongere broer die het vanaf het begin al in zijn hand had?

Mijn schoenen zaten onder het stof en mijn voeten schrijnden. Mijn jurk was er een die bij niemand in de smaak hoefde te vallen. Misschien had hij in het begin wel die bedoeling gehad, maar die was hij dan snel vergeten. Aan zoiets moet je herinnerd worden. Of het nu de vissen in het water zijn, of het lied van een vogel, of liefde zoals alleen de natuur die kent – iets moet ons eraan herinneren. Maar ik was mezelf al ontvallen.

Onder mij liepen vermoeide marktvrouwen. Even omringden ze me als een halvemaan, maar toen waren ze alweer voorbij. Er kwam een kudde aan, gehuld in een wolk van stof. Daarachter volgden een paar kinderen met lege mandjes in hun blauwe handen. Ze keken schuldbewust. Van bovenaf was te zien dat ze hun honger hadden gestild met de magere opbrengst van hun bosbessenoogst. Het was toch geld wat ze hadden opgesmikkeld. Ze kenden niet het geluk van die bergkinderen die thuiskwamen van het bessen plukken en bij het eten van hun pap uit de pan nog altijd blijdschap oplepelden...

Ik stond even stil bij die herinnering, met mijn ogen nog op de weg. Er kwam een orgelman aan, oude man, landweggetje... Het orgel hing zwijgend op zijn rug. Er liep een hondje achter hem aan, zo dicht op zijn hielen dat het onder hem leek te lopen, zoals honden die verder niets hoeven te bewaken soms onder een huifkar lopen.

Er liep ook een visser langs, want er was een kunstmatige vijver in de buurt.

Ten slotte kwam er zo'n afschuwelijke fietser aan. Het was een heel gewone man. Alleen zag ik duidelijk zijn rode zakdoek uit een vestzak wapperen. O, wat maakte die vreemde fietser me ongelukkig. Zelfs als ik even had nagedacht en me uit liefde voor de mensheid met hem had verzoend, zelfs dan was ik niet meer in staat geweest te glimlachen. En was die fietser niet om te lachen? Was ik in het leven dan van lieverlee al mijn vrolijkheid, al mijn optimisme kwijtgeraakt?

Ik had op de tast een takje lievevrouwebedstro geplukt. Het was dus mei. En niet bijvoorbeeld juli of augustus, of de heetste dag van het jaar? Ik had boven die landweg ieder besef van tijd verloren. Ik hield de bloemetjes als een orakel in mijn hand. Toen legde ik het takje op mijn schoot. Ik blies een beetje. Het kan ook een zucht zijn geweest.

Het landschap om me heen was niet mooi. Nee, het was het weemoedige landschap rond een zorgelijke landweg, die geen moment vergat dat hij zichzelf stof verschuldigd was, stof tot aan je enkels, fijngewreven door de molenstenen van de zon en de opkomende vollemaan.

Een duisternis verspreidende, niet-afgekoelde nacht en een dag als deze, als de glans van het mooiste malachiet, hadden het voor ons fijngewreven, dat overal aanwezige stof. Het was alsof grootvader het voor ons had achtergelaten, zoals voor de slang in het paradijs, dat stof. Het lag als voortijdige ouderdomssneeuw over de bomen.

'O, God!' Die schreeuw om hulp kwam telkens weer onbegrepen over mijn lippen. Ik had het al een hele tijd niet meer gehoord, dat woord. Eerlijk gezegd herinnerde ik het me niet meer.

En God moet je aan den lijve ondervonden hebben.

Natuurlijk wist ik dat de naam van God in ieder dier was gegrift. Iedere grashalm droeg een fijne inscriptie. Zelfs de bloemen hadden er een in hun rondingen. En wat was hun geur anders dan alweer een levend wezen uit de hand van de Schepper? Ik deed alsof ik geen God had. Maar ineens hield ik dat takje lievevrouwebedstro weer in mijn handen. De goedheid die van die bloemetjes uitging, ontroerde me. Ik zweeg en keek.

Beneden op de landweg stond een paard-en-wagen voor een barak. Het lage gebouw was me nauwelijks opgevallen. In gedachten verzonken had ik over de paard-en-wagen heen gekeken. Hij stond onder een kastanjeboom te wachten. Het paard at van de bladeren en trok de kar achter zich aan. Een stem riep dat het halt moest houden. Dat was alles. Boven het gebouw hing een bord waarop waarschijnlijk 'Herberg De Zon' stond. Ik kon het niet lezen, maar op het bord stond een zonnetje getekend. Ik stond op.

De gedachte was bij me opgekomen dat die wagen me misschien een eindje mee kon nemen. Dan zou ik in elk geval ergens anders zijn, dat was alweer een stap vooruit. Ik liep naar beneden. Ik voelde me zo log alsof ik zware lasten droeg, onbekende, van over de hele wereld. Toch was het alleen mijn eigen bestaan dat me parten speelde. Mijn bestaan. Opeens begreep ik dat beduimelde woord. Het was ook van toepassing op de landweg.

Ik raapte mijn spullen op. Ik liet mijn blik nog een keer over de wereld glijden. Die was toch mooi?

Ergens lag een kind klaaglijk te huilen, zoals de allerkleinsten doen, die nog geen ogen lijken te hebben. Daar ontbrak het de landweg nog net aan.

Ik stond beneden aan de kant van de weg te wachten. Het paardje kwam aanlopen in een circusdraf, alsof de wereld een eindeloos ronddraaiende carrousel was.

De man op het voorbankje – een bok was het niet – sloeg welwillend met zijn zweep. Hij was nog jong. Hij deelde de plank met een paar magere vrouwen. Achter hen lag allerlei bagage. Ik keek ernaar. Ik keek de jongeman en de vrouwen aan. Ik hoefde niet lang te soebatten. Ze zagen wel dat ik niet meer kon. Medelijden is niet zo zeldzaam als veel mensen denken. Het maakt alleen geen indruk meer, tot we het van nabij ervaren. Hard geworden door het leven denken we dat degenen die het tonen met ons op één lijn zitten. Zo zijn we geworden in onze doffe ellende... De vrouwen staken een hand uit om me op de wagen te helpen. Ik mocht zelf weten waar ik ging zitten.

Ik liep naar de stevigste kist op de wagen. 'Ja,' zeiden ze, 'als u niet bang bent, kunt u ook daar gaan zitten, er ligt een slang in te slapen.'

Ze tilden zelfs bereidwillig het deksel op. Daar lag hij, onder doeken, zich niet van zichzelf bewust. Geel, groen, een beetje rood – ik vond het duivels zoals die slangenstrepen op het dier zich herhaalden, streep naast streep. Het lijf lag in bochten en kronkels als symbool van zijn ongebaande wegen. Stof, woestijnstof, ontheemd, en toch leek het me koninklijk in vergelijking met het stof waaraan ik hier was blootgesteld. Want wat maakte het uit of ik wel of niet bang was voor de slang, hij was gekluisterd door zijn eigen aard, en de mensen waren er al in geslaagd die voor hem in een soort onzichtbare gevangenis om te zetten. Ik huiverde. Maar niet meer voor de slang. Ik bleef een hele tijd naar het dier staan kijken, totdat de kleuren voor mijn ogen vervaagden en de aanblik me verveelde.

De kist werd weer afgedekt en het deksel zorgvuldig dichtgedaan. Ik ging erop zitten.

De wagen ratelde. Achter me dwarrelde het stof op. Het omhulde me. Ik ging op de kist liggen en gaf me volledig over aan het geschok, aan het stof en aan de slang.

Ik viel al bijna in slaap, met mijn hoofd op mijn arm. Toen verscheen er weer een fietser, die ons gebogen, in razende vaart, inhaalde. Alles stond stil: de landweg, de populieren, wij en de heuvel. Alleen die fietser kwam vooruit. Hij verdween al in de oneindige verte, onder de hemel, nog altijd gebogen. Waar zou die duivel heen rijden?

De landweg

Deel twee

Als ik denk aan de verdrijving uit het paradijs, lijkt die me nog niet zo lang geleden. Het is een goed verhaal, troostrijk. Het wordt troostrijker verteld dan het in werkelijkheid is. Veel wordt erin verzwegen. Want het is nu niet langer een zaak van twee mensen, of van vele, of van een heel volk en van de stammen die uit dat volk zijn voortgekomen...

Zoals het nu elke dag begint, met elk nieuw mensenleven, is het de zaak van een individu. (Niet van de uitverkorene. Begrijp me niet verkeerd.) Het kan een vrouw zijn die ergens een nerinkje drijft, het kan een poedel zijn, een boom. Wie of wat het ook is, het moet blijven vechten tot het die kinderlijke staat van 'alleen-zijn' bereikt. Er moet een zekere deemoed worden geleerd, een zekere nederigheid, die eindigt in het niets. En het paradijs? Het paradijs is onzeker. We zijn ermee begonnen, we hebben het in elk geval meegebracht. En iedereen moet er zelf voor zorgen dat hij het niet helemaal opmaakt. Als hij sterft, moet hij nog blij kunnen zijn dat hij heeft geleefd. Met die gedachte moet hij zijn ogen sluiten. Dat is de triomf die nog in zijn aardse leven zichtbaar is, dat is zijn tot de hemelen gefluisterde gloria.

De wagen kwam tot stilstand. We stapten uit. Die mensen moesten naar het huis van de burgemeester. Ze moesten met hem onderhandelen, zodat ze toestemming kregen om hier hun beroep uit te oefenen, hier hun geld te verdienen.

En hij gaf die misschien niet graag, want er kwamen veel van zulke rondreizende figuren. Ik kon mijn weg vervolgen. Ik liep tot ik bij een herberg kwam. Waar had ik anders heen gekund? Er stonden hier alleen huizen, elk met zijn eigen kleine lot. Voor iemand als ik was er hier langs de landweg alleen de herberg.

De tuin was stoffig, hij was ook donker. Hoewel het een heel zonnige dag was, leek het er wel nacht. En leeg was het er ook. Ik zocht een plaatsje. Dat wil zeggen, ik vluchtte naar een van de tafels waaraan niemand zat. Zo ben ik nu eenmaal.

Nu had ik hier niets meer te doen. Er scheen een lange, niet nader in te vullen tijdspanne voor me te liggen. Toen keek ik op, verder de tuin in. Er liep namelijk een persoon – wat voor persoon ben ik totaal vergeten – met een maaltijd naar een van de plaatsen die in de schaduw lagen. Daar zat iemand. Ik had het niet gezien. Ook nu zag ik het niet meteen. Die persoon stond ervoor. Ik hoorde alleen gekuch, een soort verontschuldigende kennisgeving dat er een gast in de tuin zat.

Ondertussen had ik dorst en ook echt behoefte aan een maaltijd. Het stof had me toch niet helemaal verzadigd. Nu konden we elkaar zien, de gast en ik. Het was de dood. Ja, het was de dood! Er zat evenveel vel en vlees op zijn botten als bij een stervende. Zijn uren waren geteld. Misschien waren ze dat al maanden en jaren. Teringlijders sterven langzaam. Maar zoals hij in het donker zat, met een regenjas aan, was hij zacht gezegd de dood zelf. Het scheelde niet veel of ik had gehuild. Ik geloof dat ik een paar keer snikte. Ik schoof mijn eten weg. Die man had me zogezegd in mijn kern geraakt, of in wat toen mijn kern was. Want nu eens is de kern iemands hoofd of zelfs zijn statische, vuur voelende haar, dan weer zijn het (bij werkende mannen) de handen of de borstkas, of bij vrouwen, in een tijd dat nog niets ze benauwt, hun alomvattende armen. Maar daar zat mijn kern niet. Het was ook alleen een aanblik van de dood geweest, een waarschuwing. Ik had mezelf gewoon een genoegen willen doen en net als anderen op de gebruikelijke manier een maaltijd willen nuttigen. Toen was de dood gekomen. Hij ging ook niet meer weg, zoals in legenden altijd wordt verteld. Hij bleef. Dat wil zeggen, iedere keer als die maaltijd er was, de enige maaltijd die ik echt graag gewild zou hebben, was hij er ook. Maar zo gaat het altijd. Het was toch al zo dat alles hier blijk gaf van dodelijke zekerheid. (In die tijd heb ik ook het woord daarvoor leren kennen.) Toen het leven me namelijk op die manier bij voorbaat van alle onbekommerde genoegens beroofde, gaf het me in ruil daarvoor het belang van het verlies. Mettertijd leerde ik het verlies zo waarderen dat het me belangrijker leek dan de rijkdom van het leven, waarvoor ik van de natuur zoveel talent dacht te hebben meegekregen.

Toch moeten jullie niet dwars door mijn leven heen naar me roepen, zoals die vogels waarvan je plotseling de woorden verstaat, dat die kennis van het lijden een vooruitbetaling was van mijn loon voor dit bestaan. Door de dagelijkse wederkeer heb ik alles immers terug moeten betalen. Het besef dat me de eerste dag nog sterkte, richtte me de volgende dagen te gronde. Ik hoorde en zag het in zekere zin niet meer, het was er gewoon. En als ik 'het' zeg, bedoel ik mezelf en de dood en nog veel meer dingen die om me heen bestonden, ook al waren ze gedoemd ten onder te gaan. Maar misschien waren ze dat ook niet, of slechts ten dele, want wij leven immers veel te kort om dat te kunnen beoordelen.

Buiten werd er geschreeuwd, een stompzinnig tumult, dat hier aan de vooravond van een feestdag waarschijnlijk altijd al rond de middag begon. Het circuspaardje huppelde langs. Het droeg versierselen die je tot schreiens toe bewogen.

Toen steeg er opeens een verschrikkelijk gekrijs op: varkens. Het was vast voedertijd. Aan de overkant stond namelijk een lage houten hoeve, gebouwd in een vierkant, waarin ze waarschijnlijk waren ondergebracht. En te midden daarvan klonk het klaaglijke geluid van dat kinderspeelgoed: die kleine varkensblaas, die telkens weer sterft en door zijn vier verzwakte poten zakt. Het was echt kermis. Alleen school er iets dreigends achter. Alleen lag er wat te veel stof op. En eigenlijk waren er geen mensen, geen toeschouwers, geen respectabele klanten voor het vermaak. Het was bedelaarsvolk, dat stof at.

Walgend van het voedsel stond ik op. De gast was ik plotseling vergeten. Het gejammer van die kleine varkensblaas maakte me zo moe, en dan dat enorme, echte gekrijs erachter. En het middaguur, dat me vloerde... Wat moest ik doen? Even gaan slapen misschien? Als er niets anders meer op zit, proberen we alles. Het was wel klaarlichte dag. En toen ik mijn kamertje in liep, zag ik pas hóé licht het was. De dag leek er voorgoed naar binnen te zijn geklommen. Terwijl buiten alles wat overdag nodeloos luid zijn eigen naam had geroepen rond de schemering misschien zou verstommen, en er wellicht boven de daken en heuvels ook weer eens een maan opkwam die met de populieren speelde als met fonteinen, zou hier boven in mijn kamer alles onverstoorbaar hetzelfde blijven. Dat kon niet anders. Het bed, de tafel, de overbodige kandelaar en ook de muren hadden allemaal zoveel nuchtere werkelijkheid opgeslagen dat ze zich door niets uit het veld lieten slaan. Die werkelijkheid was op deze plaats heer en meester. Daarom gaf ik ook geen kik. Ik zette zelfs het raam nog open.

Moe als ik was, bleef ik bij het raam staan wachten. Misschien toch op de nacht, misschien op de nacht van de slaap? Ik wist het niet. Ik keek naar beneden. Eindelijk begreep ik het: het was het erf met de varkens dat me zo interesseerde. En tegelijk dacht ik aan nog veel meer, zoals we altijd doen wanneer we ons ellendig voelen. Ik dacht aan de spottende blik van de waard toen ik binnenkwam, en ik dacht aan het geklets van de bedienden dat ik vanuit de verte had gehoord, een gesprek met de dood, dat als vanzelf op gedempte toon werd gevoerd. O, zo'n gesprek en zo'n blik vergeet je nooit meer, ook al lijk je ze met dromende oren en dromende ogen te hebben waargenomen. O, ik had veel van zulke dingen die ik nooit zou vergeten. Ik was er echt rijk aan. Toch klaagde ik eigenlijk niet over dat geschenk van mijn geheugen.

Tenslotte kende ik een man die altijd, elke dag opnieuw, onder zo'n spottende blik moest leven, zonder dat iemand kon zeggen waarom. Ja, uitgerekend hier had ik zo'n man gevonden: een varkenshoeder.

Terwijl ik met steeds grotere ogen van de honger omlaagkeek, liep die grijze knecht vele malen over het erf.

Zijn vlijt wekte de indruk dat hij moeiteloos, bijna soepel liep, zoals ik me kan voorstellen dat iemand in het hiernamaals loopt. Maar hij liep krom, 'zo krom als een hoepel', zoals het in de volksmond heet, en de dingen die hij pakte, leken met hem op één hoogte, maar bevonden zich in werkelijkheid vaak hoger, doordat hij zo oud en krom was.

Ik zag het die middag en het staat voor altijd in mijn geheugen gegrift: de liefde waarmee hij de dieren verzorgde, een liefde die hem onder het werk bijna een glimlach ontlokte. Een glimlach die natuurlijk gepaard ging met gezucht en gekuch, zoals bij oude mensen gebruikelijk is. Een glimlach die een beetje deed denken aan iemand die aan het eind van zijn leven is gekomen, en ook aan de dieren zelf. Niet dat hij voortkwam uit dierlijke gevoelens, eerder uit medeleven, uit liefde. O, je kon het ook heel goed onnozelheid noemen als je wilde, verregaande onnozelheid. En ik weet zeker dat hij vaak geen beter voedsel kreeg dan de varkens zelf. Want dat harde brood moest in zijn tandeloze mond aanvoelen als steen. De dieren knorden als ze hem ermee zagen lopen, dat zag ik die eerste keer en nog vele keren erna. En behalve de dieren wist ook de hele omgeving dat hij hard brood te eten kreeg. En net als die varkens wist ook geen mens waarom.

De waard, mijn waard en tevens de baas van de varkenshoeder, was de zoon van de man die hij eigenlijk gediend had. Zijn eigenlijke meester, die hij als knecht had overleefd, maar in zekere zin nog steeds diende, ook al was die meester dood, was een goed, rechtschapen man geweest. Maar de zoon was, zoals zo vaak zonder uitleg of waarschuwing gebeurt, kwaadaardig en ongemeen hardvochtig. Het was iemand die plezier had in wat ons afgrijzen inboezemt. Hij was het die zijn knecht iedere dag zelf dat brood gaf. Roekeloos waagde hij zich iedere dag tot aan de rand van die onschuld. Hij wist dat die rand sterk was, dat hij niet in de diepte zou storten. Want ook al beschikte de knecht vanbinnen misschien over een wijsheid die dat allemaal zag en voelde, het was niet de wijsheid van een gewoon mens.

Daar was hij te oud voor, hij was vijfennegentig. En vroeger, ja, lachen jullie maar, vroeger was hij er misschien te jong voor. Als niemand je vertelt dat je kinderjaren voorbij zijn, weet je het misschien ook niet.

In elk geval klaagde hij hoogstens, zo las ik op zijn gezicht, over de plotselinge achteruitgang van het bedrijf, zodat alleen zijn varkenshoeve nog geen gevaar liep en zijn waarde had behouden. Misschien was dat ook zijn hoogsteigen manier om te klagen over het ruwe optreden van de waard. Want de herberg was altijd leeg. Er kwamen alleen rondtrekkende reizigers, verder die dode man en dan nog een arme vrouw, aan wie geen eer te behalen viel. En als die ook weg waren (ik volgde zijn gedachten, want ik kon bijna dwars door hem heen kijken), wie kwam er dan?

Straks stond zijn wrede meester op straat en werd het varkenskot nog zijn toevlucht. En dan zou hij met zijn vijfennegentig jaar worden weggejaagd. Want met een mens die in het geheim al een tijd kampt met armoede en gebrek, kan het snel bergaf gaan.

Maar juist dat maakte hem niet ongerust, las ik vanuit mijn raam op zijn gezicht.

Juist dat was het geheim.

Het staat geschreven in het grote boek, in iedere passage. Hij was zelf een woord uit dat boek. Hij was een woord dat in een speciale passage was geplaatst. Hij stond geschreven in de verloren zoon.

Ik dacht er een hele tijd over na. Want terwijl het lawaai daar beneden steeds meer aanzwol, ontstond er in mijn binnenste door die simpele waarneming een gelukzalige stilte.

En ik haalde me het verhaal voor de geest, op drie manieren verteld: op de manier van de hardvochtige waard, op de manier van de simpele knecht en op de manier van mijn eigen leven. Ieder van ons was een verhaal van de verloren zoon. Alleen wanneer ze eindelijk rijp werden en als zoete vruchten in het paradijs zouden afvallen, dat wist niemand. Met die gedachte ging ik ingetogen slapen. Het was weliswaar nog niet eens avond. Maar voor mij was het nacht. Ik hoorde het nog waaien en ruisen en voelde dat er een wervelwind door de straat trok. Toen zette iemand een ladder tegen mijn muur en sloeg er met een zware hamer een keilbout in. Maar op dat moment was ik al ver weg, ver van mezelf. En toen riep iemand, die waarschijnlijk spijkers tussen zijn lippen had, iets naar degene die het koord bevestigde, voor de koorddanser die eroverheen moest lopen...

De landweg

Deel drie

Toegegeven, nood, de ergste nood, waaraan je te gronde gaat, was voor mij nooit meer geweest dan een woord. Een mens in die toestand is als een grazend dier waarvan we zeggen: 'Het moest eens weten wat hem te wachten staat, dan zou het brullend op de vlucht slaan...' Maar het blijft waar het is. Het heeft nog een dag en nog een en nog een allerlaatste... Ik heb vroeger eens een hond in huis gehad die wegliep, maar ook weer terugkwam, na drie dagen al. Dus dat is ook niets: weglopen... We zijn nu eenmaal omgeven door de wereld, door wat ons helpt en wat ons bedreigt. Alleen herkennen we het niet meteen. Net als dieren in het veld en misschien ook andere dieren moeten we in beweging komen om het te ontdekken; het is de beweging die het ons vertelt, voor zover we niet al een vermoeden hadden...

Dus toen ik wegging, was het niet mijn bedoeling te ontsnappen en ik liep dan ook langzaam, in een gelijkmatig tempo over een pad tussen de heuvels omhoog.

Het was een uitzonderlijk stralende dag. En ook al konden het gras en de bloemen in dit regenloze jaargetijde niet nog meer schoonheid opzuigen, de bloemendood bleef hun daar boven, waar de lucht leek te zingen, in elk geval bespaard. Een zwaluwtje tjilpte bijna recht in mijn mond. Er kwam een lammetje aan. Toen het gaandeweg nog lieflijker vormen aannam, zag ik dat het geaaid wilde worden. Eerlijk gezegd was het met zijn zachtheid niet zo gesteld als ik verwacht had. Waar de vacht ribbels vormde, was de wol al zo dicht dat het niet prettig was om hem aan te raken, ook al leek het wel zo. En de kale plekken waren koud.

Behalve dat lammetje kwam ik ook nog een kind tegen, een echt kind, een zeldzamere ontmoeting dan iedereen denkt. En boven, op de rug van de heuvel, stond weer een heel oude herder. Ik nam alles met een dankbaar hart in me op. Daarna ging het van een opvallend uitzicht weer omlaag naar het dal, en ik wist heel goed dat ik het vergezicht kwijt zou raken. Want de verleiding, de valse hoop op een leven dat vanzelf jonger wordt, bevindt zich van oudsher daar boven.

Het huis waar ik kon wonen, was me nauwkeurig beschreven. Ik vond het dan ook meteen, ik had het zo kunnen aanwijzen. Het hoog oprijzende en bijna tot de grond komende dak bedekte zowel het woongedeelte als de schuur. En terwijl je dacht dat de vogels op dat dak neerstreken, doken ze in het gras of verdwenen ze in een boom. Zo laag was dat huis gebouwd.

Maar wat ik zojuist zei, ervoer de rest van de wereld anders. Die maakte een scherp onderscheid, haarscherp, zoals dat heet. Die zag het als iemands eigendom, te vergelijken met een ander, armer eigendom ernaast, of met een van dezelfde waarde dat een eind verderop lag. Het waren vierkanten en rechthoeken die een luide taal met elkaar spraken; het hele landschap was ingedeeld volgens de leidraad van de menselijke macht. Zo waren er bijvoorbeeld paarden; ik zag ze al vanuit de verte, een hele wei vol naakte, steigerende paarden. Ze hadden iets rijks, iets van een onbedorven kracht, die ook op hun eigenaar afstraalde. Bij die boer zou ik graag gewoond hebben. Maar hij was niet de eigenaar van mijn huis, dat was heel iemand anders. Toch lagen de percelen vlak naast elkaar. Voor iemand met een ongeoefend oog leken ze nauwelijks uit elkaar te houden. En zo iemand was ik. Zo'n oog had ik. Eigenlijk was ik nog maar een kind, dat graag een paar aftandse, allang kwijtgeraakte dobbelstenen opnieuw in zijn beker had willen doen. Maar mijn tegenspeler was machtiger dan ik dacht: die vond het belangrijk wie er won. Het moest in elk geval worden beslist. En hij liet er geen misverstand over bestaan, op enkele vriendelijke ogenblikken na: op de zwaluw, op het lam, op de herder na.

Ik had het gevoel dat er daar beneden iemand op me wachtte. Ik versnelde mijn pas een beetje. En inderdaad: beneden voor het huis in het dal wachtte een vrouw. In alle boerderijen in de omgeving sloegen de klokken. Het was twaalf uur 's middags. De kerkklokken in de verder weg gelegen dorpen en stadjes bevestigden het. God was daar ergens. Met mantel en kroon, net als op oude kerkschilderingen. In mijn binnenste klonk iets van gejubel. Iets in mij had een overwinning behaald. Maar daarginds wachtte echt nog die vrouw. Misschien wachtte ze op een kind. Het had iets mystieks zoals ze naar me keek, naar mij en het kind dat nog lang niet zou komen. Ze kende mij, de vreemdelinge, vast al goed, ook al leek ze het hart niet op de tong te hebben. Ze was geen herbergierster of de vrouw van de bakker of zo. Nee, zolang ik daar woonde, bleef ze wat ze was: dagloonster. En haar eerste woorden, en de laatste, die ik weken later hoorde, veranderden niets aan het standsverschil. Haar armoede was een andere dan de mijne. En wat ons ergens boven de wereld weer samenbracht, veranderde niets, helemaal niets aan die schijnbaar zo onbeduidende wereldse orde der dingen.

Zo verliep mijn entree in dat huis. Het was een duidelijke entree, en zolang ik daar woonde, at, sliep, schreef, las en zong, vergat ik die niet. De kamer die de mijne werd en die ze meteen na een paar vragen had laten zien, was rustiek ingericht, en daarom was hij goed. Hij was ook goedkoop. Wie zou er in dat huis ook meer voor hebben willen vragen dan de kostprijs. Tenslotte was dat huis niet van hen. Het zou onder de hamer komen. Een in de stad aan lagerwal geraakte speculant stelde de veiling alleen maar uit. Hij had er een dagloonster in ondergebracht die er goed op moest passen en ook nog een heel laag huurtje betaalde, en mij. Anders gezegd: het lot dat voor mij een vreemde was, waarvoor ik een vreemde was, had daar voor mij een vriendelijk stekje ingeruimd, voor een poosje.

Wie er na mij in kwam? Niemand, dat weet ik zeker, het huis werd geveild. Wat ik nu de hele dag hoorde, was de grootst mogelijke stilte. Wel snorde er onafgebroken een naaimachine. Ze leek in korte en lange zinnen te spreken, een hele schort in één adem. Soms liep er iemand naar een ladekast, opende een la en deed hem weer dicht. Dat waren geluiden die bij het werk hoorden, ook een soort stilte. In elk geval geen lawaai, niet storend. Alleen wilde ik de vrouw die de uren zo gelijkmatig bediende mettertijd graag leren kennen. Ik voelde dat een door mij verzonnen, ideaal wezen haar plaats innam. Ik zag het bij wijze van spreken in haar voetstappen treden. Maar dan hoorde ik opeens weer een harde trap, als van een hak, of er begon een lied. Ik vond het allebei even verschrikkelijk, het leek één en hetzelfde. Maar we zongen toch niet met onze voeten, we gingen toch niet onnatuurlijk zingend door het leven? Leven was toch iets natuurlijks? Of niet? Maakte het leven de leugen niet tot waarheid? Had het niet van oudsher strijd gevoerd, verscheurdheid het hoofd geboden om zichzelf te hervinden?

Even later was het gescheurde zoompje waarschijnlijk omgevouwen. De naaimachine begon weer aan één stuk door te naaien en te naaien. Het was een lust om te horen! En buiten zong een vogel zo dichtbij dat ik mijn oren er niet meer voor mocht sluiten. (Want wie het zwaar heeft, krijgt een hekel aan de natuur, het eerst aan de vogels, het laatst aan de bloemen, het allerlaatst aan zichzelf...) Het vogeltje was intussen op een van de kleine venstervleugels neergestreken. Ik haalde nauwelijks adem. Daardoor werd ook de vogel stiller. Hij wiebelde met zijn staartje en tilde zijn kopje op, alsof er een liedje in zat. Ten slotte poetste hij met veel vlijt zijn veren, als na een bad. Terwijl er onder hem niets zat dan de weer snel glad geworden ruit... Een trillen, en weg was hij. En ik bleef zwaarmoedig achter. Wat was ik alleen nu ik weer op mezelf was teruggeworpen! Zou je dan niet op de gedachte komen zo'n ander schepsel te benijden? Was het niet gemakkelijker een vogel te zijn? Dat kwam voor mij niet in aanmerking. Ik was ik, en als ik mezelf beter wilde hebben, mooier wilde hebben, moest ik toch van mezelf uitgaan. Mijn hart was me dierbaar, en dat niet alleen, het was me zelfs heilig. Ik zou het tot in de dood tegen vernietiging hebben verdedigd. Dat zou ik altijd belijden.

Zo was het die dag. Zo was het op veel dagen. De dingen die ik beleefde, namen altijd weer een nieuwe loop. Soms liet alles me koud of verveelde ik me zelfs. Maar elke dag was tenslotte een dag in mijn leven, het levende afschrift van het leven zelf, om zo te zeggen. Mijn wanhoop, mijn zwaarmoedigheid werd er door mij in gegraveerd. Ook mijn eigen dood zou ik zelf moeten graveren. Dat wist ik. Het behoedde me voor veel zaken. Want ondanks alles was het niet zo gemakkelijk om in dat huis te wonen. In de eerste plaats zweefde het, zoals gezegd, onder de hamer. Voor ons gevoel was het in pand gegeven. Dat was heel vernederend, alsof je de deur werd gewezen. Elke dag kon je te horen krijgen dat je je biezen moest pakken... Verder had het huis geen klok. Alle andere huizen luidden om twaalf uur 's middags en 's avonds, als de kerkklokken in de omgeving begonnen te beieren, hun klok. Dit huis zweeg. Het bestond gewoon al niet meer. Er was ook geen vee, zelfs geen kleinvee. En ook al zou dat er wel zijn... dan nog had het al niet meer bij het huis gehoord.

Alleen het tuintje met zijn met buxus omzoomde bloembedden hield nog een pleidooi voor bezit, voor zuinigheid en het voortbestaan van het leven. Uit die tuin kwam de geur van violieren en reseda! En de ernstige spinazie hield zich strikt aan de rijtjes waarin hij was gezaaid. Bij de jonge slakropjes zaten vogeltjes. Ze leken het in die tuin buitengewoon naar hun zin te hebben. Maar van wie was die tuin nu eigenlijk? Was hij niet enkel het tuiltje op de hoed van een bedelaar? Nee, zo mocht je hem niet noemen, dat zou een belediging zijn. Het was hard werken. Iedere dag was er een hand die sproeide, onkruid wiedde, de droog geworden bloembedden harkte...

Soms keek ik naar de vrouw die er werkte. Haar gezicht was klein, verlept, maar oud werd het in elk geval nog niet. Ze had zwarte, een beetje bolle ogen. Haar haren, ook zo donker als het maar kon, waren gevangen in een ongelooflijk kapsel. Het was de toren van Babel, in een uiterst moderne, bekrompen variant. Voor de rest was ze weer een plattelandsvrouw, gekleed in een wijd vallend nachtjakje boven een grof gestreepte onderrok. Wel vielen haar schoenen op als je haar in de verte zag lopen. Het waren lage schoenen van verschoten lakleer. Als je ze zo naast elkaar zag, leek het alsof de weg daar schuin omlaagging of alsof ze snel ergens heen wilden – zozeer stonden ze op het puntje van hun tenen. Het waren dansschoenen, zei ik bij mezelf. Ik dacht aan de naaimachine en ook aan het lied. Zat het zo? O god, misschien had ik de verdorvenste trillers erin nog niet gehoord. Misschien was het voor me gezongen alsof het niet meer was dan een onschuldig schoollied, provinciaal vermaak dat geen kwaad kon. En misschien was die ouwelijke gestalte daar buiten nog iets heel anders.

En ik voelde het al: ik mocht haar mezelf niet besparen. Ik mocht niet terugkeren naar mijn kluizenaarsbestaan, hoe dierbaar het me ook was, voor ik dit hier had ontraadseld. Ik kon geen genoegen nemen met een zelfverzonnen, zelf in elkaar gezet iemand, terwijl die persoon leefde, echt leefde, naast me leefde en ik haar zag. Ik moest in haar leven staan als in een ongedeelde ruimte. Zij moest tot in mijn leven reiken. En die twee levens moesten met elkaar strijden en winnen en verliezen. Dan pas was het meer dan alleen fantasie, dan pas was het het leven zelf.

Dat was nu mijn voornemen. En het kwam hard aan. Het was alsof ik verpletterd werd. Maar tegelijkertijd voelde het als een roeping die me, hoe arm en zwak ik ook was, deed branden van eerzucht.

Het was die dag intussen avond geworden. Nadat ik had gegeten, had de dagloonster de tafel afgeruimd. Een rode hemelstrook viel op mijn vensterbank. Als een zichzelf opsplitsende veeg bloed verdeelde hij zich in twee banen die links en rechts in de hoek wegzakten. Het werd donker. Nu was het dus zover. Het theater van het leven kon beginnen.

Ik groette haar. (Voor het eerst, want het enige teken van herkenning dat ik tot nog toe had gegeven, was een ontwijkende blik.) En zoals alles wat lang is opgespaard, drong haar antwoord bijna ongevraagd naar buiten en leek het recht voor mijn voeten te rollen.

Ik huiverde toen ik merkte hoe vlug het gesprek gedijde, hoe het onder mijn raam zichtbaar omhoogschoot.

Nu stond die vrouw zich al te verbazen over mijn leven. Dat ik het slikte. Ik had het naar mijn hand moeten zetten. Ze had gelijk zonder het te beseffen. Want ze leek veel slimmer dan ze in werkelijkheid was. Eigenlijk was het enige wat ze zei armzalig gespeculeer over een huis dat al onder de hamer was gebracht... Gespeculeer waar niemand iets mee opschoot, zij niet, ik niet, niemand. Maar ze speculeerde toch. (Het is immers makkelijk praten over de hoofden van anderen heen.) Zo luisterde ik ook geduldig toen ze me vragen stelde.

Waarom ik hier was. Dat was nogal een vraag. Ik was hier omdat ik alleen was.

O god... Als je een steen vraagt waarom hij alleen is, waarom hij uit een levendige omgeving is weggerold naar een eenzame plek... Ik gaf geen antwoord. Ik was die avond bijna nooit aan het woord. Zij praatte voor mij. Alleen op die manier was het prettig om te praten... Ze dacht lang na voor ze in mijn plaats antwoordde. Profetisch. Aan de hand van haar eigen maatstaven voorspelde ze hoe ik me zou voelen.

Als ik volhardde in mijn eenzaamheid, zou ik nooit een plezierig leven leiden. Daar moest ik maar eens goed over nadenken. Want het leven moest toch mooi zijn, en daar hoorde de wereld bij. De wereld was het gordijn, de geranium. Hij was de klok en de lamp. Hij was ons bed, onze tafel. Hij was de deur waardoor we binnenkwamen en weer naar buiten gingen. Als de wereld er niet zou zijn, was alles alleen maar decor, een tochtig decor, en aan de andere kant van de deur was niets, was de afgrond. Onze afzondering was er, ons vreselijke, zelfgeschapen isolement.

Dat stond mij te wachten. In werkelijkheid was het er al, opgeroepen door haar woorden. Want ook al was dit misschien niet precies wat ze zei, het waren de woorden die ik hoorde, en zij was het die ze sprak, de vrouw met de Babylonische haardracht en de afgedanste lakschoentjes.

Ik schrok. Maar ik verroerde me niet. Nu was zij aan de beurt.

De nacht had zich intussen genesteld. De haag was dichterbij gekomen, alsof hij ook zin had om te praten. De violieren waren een zintuiglijke indruk geworden, de reseda's een tuiltje om aan te ruiken. De spinazie leek zich met trage, vastberaden tred in de aarde te hebben teruggetrokken, en de sla was, werelds en oppervlakkig als hij was, allang verdwenen. Alleen de buxusomheiningen met hun tweelingboompjes, de paden en de perken waren een verbintenis met de sterren aangegaan. Het was een sentimentele, zangerige verbintenis, waarmee ze zichzelf bijna te grabbel gooiden. Maar het was hoe dan ook een verbintenis met de sterren, en dat was heel wat waard. Ik keek plechtig omhoog, dankbaar. Ze stonden er. En dat wij ze konden zien, was al zo'n ongelooflijk, goddelijk geschenk, een compensatie voor onze eenzaamheid...

Pak wat je wilt, dacht ik. Ik wil mezelf vergeten en naar de sterren kijken. En mocht dit leven, dit eenzame leven, me niettemin dwingen om met z'n tweeën te zijn, dan toch weer als iemand die alleen is...

Ik was tevreden. Maar de vrouw, die inmiddels al op mijn vensterbank zat en die ik niet meer kon zien, maar wier aanwezigheid ik meer dan me lief was voelde, pakte me bij mijn arm. 'U zou,' zei ze zachtjes, alsof ook zij de boodschap van de sterren had gehoord (natuurlijk was ze alwetend in de alledaagse zin van het woord), 'u zou eens opnieuw moeten beginnen, leven zoals ik heb geleefd in het huis van mijn ouders. Dan zou het niet-willen u wel vergaan.'

'Mijn vader', – zonder nog iets te vragen ging ze terug naar haar jeugd – 'mijn vader was een hardwerkende barbier. Zijn werk is zijn dood geworden, zoals altijd bij mensen die van aanpakken weten. U moet weten: een buitenwijk in Wenen. Het was voor hem niet gemakkelijk om daar zijn brood te verdienen. En een hoop kinderen. Maar mijn moeder kwam van het platteland, die maakte zich niet zo druk om ons. We moesten gewoon werken. En we zijn allemaal iets geworden (ook degenen van wie altijd werd gedacht dat er niets van ze terecht zou komen). De een is kleermaker, de ander glazenmaker, we hebben een ober, een barbier, een schoenmaker, en een is er eigenaar van een ijssalon. En begrijp me goed: we hadden geen cent. Dat is niet niks. Hij was er ook trots op, mijn vader. Ik was zijn jongste dochter. Ik moest leren naaien. Van mij hield hij het meest.'

Terwijl ze dat zei, keek ze in het donker heel trots op me neer. Ik had dat allemaal niet gehad. (O, wat wist ze dat goed! Mijn jeugd, die nooit zulke voorbeelden had gekend, kroop weer in zijn schulp.)

'Weet u,' preekte ze (rillend van de kou had ze de buxustuin al als een mantel om haar schouders geslagen en uit de verte sterren geleend – wat dat soort mensen niet allemaal voor elkaar krijgt!), 'weet u,' preekte ze, 'het is altijd goed als je zoiets kunt.' (Ze bedoelde waarschijnlijk haar vaardigheden.) 'Je kunt altijd alles gebruiken. Ik had nooit gedacht dat het zingen en citerspelen me nog eens van pas zouden komen. De liedjes en dansjes die ik alleen voor mijn plezier had geleerd.' (En ze gaf ongevraagd een staaltje van haar kunnen.) Inmiddels stond ik helemaal in het donker. Zij werd daarentegen steeds zichtbaarder, hoe kwam dat? Haar vingers bewogen alsof ze op een citer tokkelden en ze begon te zingen. Het was het verre lied van een orgelman, zoals de blinden het misschien nog steeds elke vrijdag op de binnenplaatsen van Wenen zingen. Ik luisterde. Ik vergat dat zij het was. De sterrennacht was er weer, daar boven, in al zijn ongelooflijke pracht. Moest het zo mooi worden dat de bloemen mochten vervagen en de vogels mochten zwijgen? Ik zong, zachtjes, maar zonder melodie.

Toen pakte mijn buurvrouw me opnieuw bij mijn arm. Ze wilde me kennelijk overtuigen, nog voordat de nacht voorbij was. Ik luisterde aandachtig.

Ze vertelde nog steeds over thuis. Het moest er knus zijn geweest. Naast de badkamer had je nog een 'zitkamertje', zoals zij het noemde. Daar stond de citer. Vooral op zaterdagavond, voor de zondag, hoorden ze haar graag spelen. Het winkelbelletje bij de deur stond niet stil. En menige gast bleef langer dan hij van plan was geweest. Daardoor kwam het dat ze niet doorging met naaien. 'Je wordt gewoon meegetrokken,' zei ze. 'Vooral als je jong bent. Wat begrijp je op die leeftijd nou van een echt beroep? Je doet het liefst wat je het fijnst vindt.' En terwijl ze mijn kamer in leunde, vertelde ze: 'Ik ben citerspeelster geworden en daarna variétézangeres. Ik heb ook veel geleerd wat bij het beroep van goochelaar of acrobaat hoort.' Ik spitste mijn oren. Waarschijnlijk hoopte ik ook iets te leren.

Er zat nu iets in de lucht waardoor de hele wereld één grote fluwelen bloem leek. Een paar vuurvliegjes kwamen tot leven. Wat vonden zij van de nacht? Ze vlogen weg, het ene achter het andere aan. Maar die vrouw naast me veranderde zelfs de nacht. Van die ene fluwelen bloem maakte ze louter blijvende bloempjes voor op het hoedje van haar oude dag. En de vuurvliegjes moesten haar met hun lichtjes thuisbrengen, nog gauw thuisbrengen, diep in de nacht.

Waar was de waarheid aller waarheden, waar de verzaligde nacht? Als die zich aan iedereen aanbood... Aan deze vrouw hier en aan iedereen... Ik schaamde me. Het is best raar als een arm mens zich schaamt voor de nacht, voor de hemel. Maar die buurvrouw stond daar nog steeds. Zij had van schaamte geen last. Ze probeerde alweer een nieuw liedje. De geprikkelde stem uit haar jeugd was verdwenen. Ook de citer was er niet meer. In plaats daarvan had haar stem iets kermisachtigs. Iets wat ze niet wilde. Ze zou het nooit hebben toegegeven. Maar ik hoorde het opeens overal doorheen, voor één keer was ook ik scherpzinnig.

Ze zal toch in godsnaam geen kind hebben, dacht ik, heimelijk geschrokken. Zoals ze daar voor me stond, zichtbaar en onzichtbaar, was ze het onkinderlijkste wat ik me kon voorstellen. Zelf kon ze nooit ook maar de schim van een kind zijn geweest. En toch... Waar stak er in de menselijke natuur nog orde, optimisme en waarheid, als iemand zo werd misvormd? En was ik niet haar overdreven tegenhanger: de overdrijving van de waarheid?

Het was nu nacht. Een nacht die niemand meer toeliet, zich aan niemand moedwillig onttrok. Wij waren het zelf die voor rechter speelden, in ons eigen nadeel misschien. Ik was moe, ik wist zelf niet hoe moe. Toch kon ik niet weg. Hoe zwaar ik het ook had, ik was gefascineerd en moest blijven luisteren naar de levensloop van die vreemde vrouw. Een uiltje begon al te roepen. Een vogeltje dook met een angstige kreet in elkaar, alsof de roofvogel het al bij zijn kraagveren had, maar misschien was het maar een droom.

Dromen, gezang en klanken liepen door elkaar, ze zaten achter elkaar aan als de vuurvliegjes. Niets lag vast. Zingen, vliegen en dansen waren nu eenmaal bezigheden voor vogels, bloemen en vlinders, desnoods ook voor vuurvliegjes, maar niet voor mensen. En al helemaal niet voor mensen van wie het leven zijn bekomst al had voordat het aan hen begon... O, dat schepsel uit de buitenwijk! Iets in mij schreeuwde. Misschien was het ook mijn vermoeidheid.

De nevel trok over de velden als een kudde schapen in de verte. De wind dreef ze voort. Het ene uur maakte plaats voor het andere.

Maar mijn buurvrouw werd die nacht niet moe. Ze bleef maar praten. Ze doorliep de jaren. Dat is een taak op zich, dat kan niet iedereen... Ze vertelde hoe ze met een bakje was rondgegaan om geld in te zamelen, dat ze vervolgens weer uitgaf. En hoe elke winst in winsten werd opgedeeld. En hoe de winst daarbij zo klein werd dat er elke dag nauwelijks genoeg was voor een halve dag. 'De dag was', zoals ze het zo vreselijk verwoordde, 'vaak maar half gekleed.' En het zingen en dansen was ondertussen natuurlijk allang geen zingen en dansen meer. En thuis hadden ze allemaal een fatsoenlijk beroep, alleen zij hing in stadjes en marktplaatsjes rond en leefde bijkans op straat...

Het was dan ook geen wonder dat ze mijn grote fluwelen bloem langzaam in kleine bloempjes knipte. Ze vertelde het me eerlijk: ze had besloten te trouwen. Het was plotseling bij haar opgekomen. Ik had het gevoel dat ik de tuin kon zien op de avond waarop ze dat besluit nam. Het was alsof ze die tuin naar me toe haalde. Aan de tafel onder de kastanjebomen zat een man met een bochel. Hij was het die haar wilde. Ja, hij wilde haar. Hij had er kijk op. Geen kijk op vandaag of morgen, dat hadden er zoveel. Hij had kijk op de duur der dingen. Vergeet niet, zei hij bij zichzelf, met dat dansen is het gauw gedaan. Met dat zingen is het gauw gedaan. Maar het leven duurt langer dan dans en gezang. Misschien ziet ze dat in. En als ze dat inziet, dan ziet ze ook mij.

Daarna stond hij op en liep hij weg. Maar telkens als er een voorstelling was, verscheen hij weer onder de bomen. Op een keer had hij zelfs een bloem in zijn knoopsgat. (Het begon te waaien, alsof de wind ons haar al wilde kammen voor de ochtend.)

34

Zij had ondertussen ook nog andere plannen. Anders had ze ook niet alles gezien wat er zich afspeelde. Maar op de een of andere manier werden haar toekomstplannen door nieuwe gebeurtenissen telkens weer aan het wankelen gebracht. Want ook al behoorden zij en haar kleine gezelschap niet tot de respectabele kringen in de stadjes, toch kwamen de mensen in die stadjes naar hen kijken. Vooral naar haar. Zij had een speciaal nummer. Gekleed in een blauwe fluwelen jurk gooide ze met gouden sterren. Dat vonden ze altijd het mooist. Dan kreeg ze zoveel applaus. Op een keer brachten ze haar zelfs bloemen. Dat had ze nog nooit meegemaakt. Eén man beschreef ze in het bijzonder. Het was een lange man met rood haar. Hij had zich echt bij haar aangesloten. Hij zorgde voor het hele gezelschap. De wijn kwam altijd van hem. En hij zat altijd vooraan. Een echte man. Een fatsoenlijke man, dat kon je zien. Ze koppelde bepaalde gedachten aan hem, gedachten die ze immers al een tijdje koesterde. Hij was namelijk niet zo'n onbetrouwbare figuur die vooruitbetaling wilde. Hij had namelijk ook zijn gedachten. Hij wilde ook trouwen. En wel met haar. Voor haar gevoel was de hele bruiloft al geregeld. De man met de bochel was verjaagd. Dat wil zeggen, hij zat in de schaduw. De lampions zwaaiden met hun rusteloze, gekleurde bol alsof het stormde. Daartussen de sterren, die het ouder wordende meisje maar bleef opvangen. Het was werkelijk verbazingwekkend.

Op de ochtend van het dansfeest wilde ze spijkers met koppen slaan, vertelde ze. Op dat moment wilde ze een punt zetten achter dat leven, achter dat min of meer louche werk. Ze wilde ook niet met een gebochelde trouwen. Ze wilde iemand die recht van lijf en leden was, iemand met een keurig beroep, die genoeg geld verdiende. Met zo'n man wilde ze trouwen. Dat stond nu buiten kijf. De man met de bochel was vergeten. Hij mocht op haar bruiloft viool komen spelen als hij wilde! Want hij was een bescheiden muziekleraar die zijn dagelijks brood bij elkaar moest sprokkelen, terwijl de ander het om zo te zeggen al had: hij was slager. Iedereen kon zich ervan overtuigen dat hij dat was, en dat hij er bovendien heel bekwaam in was. Zijn winkel stond altijd tot aan de trap toe vol met kletsende dienstmeiden. En ook al zou geen burgerdochter hem genomen hebben (want een slager is een slachter en het werk van een slachter bevindt zich op de uiterste grens van de eerbare beroepen), toch zou hij nog een goede man zijn voor haar, het meisje dat uiteindelijk al met de sterren had gespeeld en allang geen net meisje meer genoemd kon worden.

Ze wilde een plaats in de wereld hebben. Dat gevoel werd steeds sterker. Erbinnen, niet erbuiten, waarnaar ze mij met haar voorspellingen had verbannen.

Ondertussen stond ik daar maar en kreeg ik het koud. De nacht had zich van alles ontdaan, van zijn nevel, zijn schaduwen. Het was een dag, beschenen door de maan, die de zon van de nacht was geworden. Mijn hand was van zilver en hield zich onzeker aan de raamstijl vast. Ik voelde dat zelfs mijn ogen manen werden. De slaap kwam.

Maar de vrouw, die met haar rug naar al die pracht toe stond, praatte maar door, almaar door, alsof ze me dood wilde hebben.

Ze vertelde over de nacht die ze de vooravond van de bruiloft noemde. Ze vertelde over het dansen. Er speelden zelfs violen. Er speelde een heel mooie viool, er speelde een zelfgebouwde, gevoelige viool.

Het was nu omgekeerd: zij werden voor de verandering eens het publiek en de anderen waren alleen muzikanten. Ook al zat er een bij die beter was dan de rest.

O, het moest afgelopen zijn met armoede en gebrek. Ook tegen een sober leven, waarin je de eindjes aan elkaar moest knopen, voelde ze zich niet meer opgewassen. Het moest afgelopen zijn met armoede en gebrek. Wat konden ze daar dansen.

Het was echt een vrolijke avond, de avond die ze de vooravond van de bruiloft noemde, een vrolijke nacht.

Mijn buurvrouw keek me onderzoekend aan. Had ik het geraden? Plotseling wilde ze niet verder praten. Ik weet niet waarom. Ik was staande in slaap gevallen, als een dier. Ik was weg geweest. Even maar natuurlijk. Momenten van slaap zijn 's nachts als een afstand van ster tot ster. Wankelend (want haar woorden hadden de grond onder mijn voeten vandaan gehaald, op een miezerig klein stukje na), wankelend zag ik haar voor me staan, de vrouw, met die haardracht, met dat jakje, met die schoenen, zoals ik me haar had ingeprent. Het was alsof ik naar voren en naar achteren zwaaide, terwijl zij daar onbeweeglijk stond.

Toch verbaasde het me dat ze er nog was. Waren er geen duizenden jaren verstreken?

De nacht hield barmhartig de reseda's en violieren voor mijn gezicht... Ik haalde diep adem.

Ondertussen dansten de mensen door in een of andere tuin. Ja, ik zag ze herrie maken en ronddraaien zonder dat zij, mijn buurvrouw, er nog veel aan hoefde toe te voegen. Ze zat namelijk nog met dat ene woord in haar maag, dat ze niet graag wilde zeggen. Ze wachtte gewoon tot dans en dronkenschap tot een onnatuurlijk punt waren opgevoerd. Tot het vanzelf van haar lippen sprong, dat woord, van haar nu toch wel heel nuchter lijkende lippen...

Het was iemand uit haar eigen gezelschap die het ten slotte het eerst had uitgesproken, dat woord. En dat het waar was, merkte ze doordat het dansen meteen ophield en haar eigen danspartner plotseling verstijfde. 'Beul,' had iemand uit haar gezelschap gezegd.

En daarna, alsof niet iedereen het allang had begrepen, lichtte die gast dat woord nader toe.

'Ja, beul. Voordat je slager werd, ben je beul geweest. Daarom wil ook geen net meisje je hebben. Daarom moet je met iemand uit ons gezelschap trouwen. Ja, je bent beul geweest, beul, beul.'

De wereld leek te tollen. Ha, lachend zag ik een ster vallen. Stil, misschien viel hij wel in onze tuin...

Maar zo te zien leek mijn buurvrouw daar niet op te willen wachten.

Ze praatte door, maar zachtjes, alsof er een viool was die we anders niet zouden horen. Ze zei: 'Hij merkte meteen dat de dans uit was, de respectabele bruidegom. Dat wil zeggen, ik danste nog een tijdje alleen verder, op een andere manier: ik werd ziek. Drie dagen en nachten droomde ik steeds dezelfde droom. Ik droomde dat ik met mijn beul danste. Toen viel zijn hoofd eraf. Maar hij bleef dansen en danste nog een hele tijd met mij door, zonder hoofd. Daarna begon de droom weer van voren af aan. En telkens als hij begon, voelde ik de afloop al. O, alleen God weet hoeveel ik die drie dagen en nachten heb geleden.' Ja, dat zei ze. En hoe afschuwelijk het ook was, ik heb het nog nooit iemand zo mooi horen zeggen.

Daarna ging ik slapen. Dat wil zeggen, ik lag als met maanlicht overgoten urenlang op bed. Ik wist amper meer of ik gedroomd had of dat het waar was. Pas toen het daglicht zelf me als een zieke langzaam weer genas en me wakker maakte (want de ene keer bedoelt dat licht het zus en de andere keer zo), besefte ik dat het geen droom was geweest.

Toen dat duidelijk was, besloot ik te vertrekken. Want haar besef dat ik alles wist, dat familiaire, die versmelting van allerlei dingen – het stond me plotseling tegen. In mijn binnenste hoorde ik, alsof ik het niet pas nog zelf had gezegd, maar alsof iemand anders me met mijn eigen woorden troostte: ik was ik, en als ik mezelf beter wilde hebben, mooier wilde hebben, moest ik toch van mezelf uitgaan. (En langzamerhand verdroogde in mijn binnenste de nacht met zijn maan.) De ene na de andere zonnestraal brak door de stalen mantel van de ochtenddauw. Ik liet geld voor de dagloonster achter. Daarna verliet ik het huis, stilletjes en haastig, alsof het mijn laatste kans was...

Toen ik al helemaal beneden was, waar het zijpad op de landweg uitkomt, kwam ik een kleine man met een bochel tegen. Met een van zijn lange, slanke handen duwde hij een fiets, in zijn andere hand hield hij een met een doek omwikkelde viool of mandoline. Aan de manier waarop hij de fiets keerde, zag ik dat hij van plan was in de richting te lopen waaruit ik zojuist was gekomen.

De zon baadde zich in de schaduw. De schaduw in de zon. Ik kon een vogel nauwelijks meer onderscheiden van het geflakker van het licht. Alleen een hartstochtelijk gekwinkeleer – kwam het recht uit de hemel of van het veld? – deed mijn hart bonzen. Alleen mijn geheugen geloofde nog in het verloop van de voorbije uren, in de voetstappen in een kamer en het geratel van een onvermoeibare naaimachine. Het enige wat ik er nog van kon zien, was een bruine streep, het dak boven een som van ervaringen... En als een gesternte verrees ten slotte de herder nog een keer boven de heuvel. Want wat wil God anders dan dat we ons met onszelf verzoenen?

Over een oud uithangbord

Een paar jaar geleden stond er in een verborgen uithoek van Stiermarken nog een oude herberg. Op een plek waar je het nooit zou verwachten, stond hij daar met zijn ene verdieping, alsof hij onbewoond was en geëtst door een geest die een andere geest wilde uitleggen wat een huis eigenlijk is. Boven de deur hing een bord waarop een prachtig hert was geschilderd. Het sprong met zijn voorpoten het bos in, terwijl zijn achterpoten stilstonden, zodat het tussen zijn voor- en achterpoten een kerktoren en een paar huizen kon laten zien. Een hele wereld, met aan het andere einde een knielende jager, een nietig figuurtje met een jachtgeweer in zijn hand. Hij mikte en mikte, alsof hij pas achteraf op het idee was gekomen, toen het hert er allang vandoor was. (Zo gaat het soms bij mensen, en niet alleen met wild in het bos.) Het bord moest ongetwijfeld de kracht en schoonheid van het dier tonen en voorbijgangers het als herberg bedoelde huis in het geheugen prenten, dat midden in de bossen gereedstond om gasten te ontvangen. Maar hooguit een jager of boswachter, een kolenbrander of een alpenherder die weer op huis aanging, vond de weg in die woestenij, en zij kwamen niet voor wijn of bier, maar om hun keel te smeren met een glaasje schnaps uit een grote doorzichtige fles. Er werd dan niets gezegd omdat er toch niemand was, behalve een hardhorende oude vrouw, die de gast samen met het glas ook de fles toeschoof. Want zij kon zo'n drankje niet meer druppel voor druppel inschenken zonder te beven en te trillen. Ja, ze moest ook bijna blind zijn, want als er dan toch eens een vreemdeling kwam die haar liet inschenken, omdat hij de gewoonten van het huis niet kende, goot ze de schnaps op de tafel, heel behoedzaam, dat wel, maar toch gewoon op de tafel. En ze zei niets terwijl ze dat deed, omdat het toch geen zin had, omdat ze doof was. Leeg was ze als een onbewoond huis, waar je staat te roepen en te roepen zonder dat er iemand verschijnt. Doof was ze. En ze was zo oud dat een achterkleinzoon, een volwassen kerel, zich het beverige slaapliedje nog kon herinneren dat ze voor hem had gezongen toen hij klein was. Ze was zo oud dat het leek alsof de dood in haar geval pas bij een hoog getal was beginnen te rekenen en nu doortelde, tot boven de honderd en verder. O, die vrouw was legendarisch. Of ze iets deed? Zeker, ze deed iets. Ze deed wat er in zo'n huis, waar zo weinig leven was, zoal gedaan moest worden. Ze hield het vuur in de kachel brandend en maakte gierstepap klaar. Veel meer was er bij haar namelijk niet te krijgen, behalve de melk die een kleine herdersjongen 's ochtends en 's avonds bracht. Natuur- lijk dronken ook haar mensen af en toe schnaps, maar dat was dan niet haar zaak. Ze leek het leven te bedienen zoals het leven haar bediende. Met het vee bemoeide ze zich ook al een hele tijd niet meer. Daar zorgden de mannen voor, haar kleinzoons en de knechten, die 's ochtends, 's middags en 's avonds rond het huis in de weer waren. Die jodelden ook weleens, maar meer voor zichzelf en voor de akkers en de alpenweiden waar ze telkens weer naartoe klommen; de oude vrouw dekte de tafel toch niet sneller en schoof ook de stoelen niet op hun plaats als de mannen al zo dicht in de buurt waren, want ze hoorde het niet. Voor haar was er maar één tijd en die zat in haar, een oeroude tijd. Die begon vroeg en had al geen slaap meer nodig. God mag weten hoeveel heldere, door de maan beschenen nachten zich al bij het raampje van haar slaapkamer hadden genesteld. Verder gebeurde er niet veel bijzonders. Er was daar wat er was. En meestal was dat werk. Als je die mensen niet op klaarlichte dag had gezien, zou je bijna denken dat het allemaal kleine, oude mannetjes waren. Maar dat kwam doordat het zonderlingen waren die weinig zeiden. Af en toe raakte er weleens een op een dansvloer of ergens anders verzeild. Maar dat was dan op een hoogtijdag als het hele land danste, met carnaval of in de oogsttijd; dan vroeg niemand waarom zij er ook waren, die mannen die allang waren vergeten. En als ze weer vertrokken, omdat ze het niet naar hun zin hadden, vroeg ook niemand waarom. Want de dansende vrouwen zijn gemeengoed (tenzij een man er een voor zichzelf uitkiest, haar niet meer loslaat en haar op wijn en vlees trakteert, maar daarmee wacht iedereen onbewust tot in de nacht). Het leven heeft altijd een speciale charme op het hoogtepunt van plezier, een top die onbereikbaar lijkt voor verantwoordelijkheid en plicht, schuldbesef en schuld. Waar alleen gedanst en gestampt wordt, nu eens met de ene, dan weer met de andere vrouw.

Als iemand dat vrijwillig opgeeft, is dat niet zo gemakkelijk te geloven. Dan zal hij ergens anders wel verder dansen, denken ze. En mocht het zo zijn dat hij een voorliefde heeft gekregen voor een oude, verdwenen bijbel en de mysteries die dat boek met zijn letters en plaatjes vanbinnen en vanbuiten weergeeft, dan is het gewoon die bijbel die hij heeft uitverkoren en zal hij daarmee ook wel de hemel in dansen. Want hoe zwaar het leven ook is, zwaar van de mens en de last die hij overal met zich meedraagt, en van de vuile aarde die in klonten aan zijn plompe schoenen plakt; hoe zwaar het leven ook is, op de een of andere onzichtbare, verborgen manier brengt het ons toch in vervoering. Ergens in dit leven is er nog altijd dansmuziek, die we alleen nog niet helemaal hebben opgevangen.

Het is een zalig tempo dat ons meesleept, meestal in de liefde. In de liefde tot een persoon of tot geld of werk. Natuurlijk kan het ook haat zijn, venijn. Dat doet er niet toe. Het kan ook domheid zijn en gedachteloosheid, ook dat is een vorm van vervoering. Het is in elk geval iets wat ons heeft gegrepen, iets waarnaar wij hebben gegrepen, zichtbaar en onzichtbaar.

Het is dan ook niet verwonderlijk dat er bij een van de mannen in die kamer, waar het steeds donkerder werd, vanbinnen plotseling iets verschoot. Eerst begreep hij het zelf niet.

Dat kan toch niet, zei hij bij zichzelf. Want trouwen was iets voor het leven. Je hield gewoon van degene die je voor je hele leven geschikt vond. Degene die als ze heel oud en doof was de lamp nog uitblies, 's avonds laat als iedereen al was gaan slapen. Van iemand houden deed je met de ernst die hoorde bij belangrijke beslissingen: of je er een lap grond bij zou kopen, of je huis echt een nieuw dak nodig had of dat je het kon repareren, zodat het nog een jaar meekon. Met dezelfde ernst overwoog je wat of wie er in huis nodig was. Alleen met meer bezorgdheid, want mensen zijn aan verandering onderhevig. En voor je het weet, ben je zelf een ander mens. Je staat niet meer waar je eerst stond.

Dat verontrustte de jonge boer het meest. Het verontrustte hem, omdat zijn liefde zo anders was dan hij had voorzien.

Het was een liefde die allang bestond. Hij had haar alleen niet herkend. Aanvankelijk was het de oude paardenhoeder die haar het huis in had gedragen. Het huis waar de jonge boer woonde: beter kon je het niet treffen. Maar algauw bleek dat het een bijzonder soort liefde was.

Want het kind dat de oude man van zijn rug haalde en gewoon bij hen neerzette, was zwakzinnig. De draagmand, die hem, de kleine jongen, een huis op zichzelf leek, stond tegen de muur. En het twee jaar oude wezentje zat op een kruk, met haar hoofdje op een naar haar toe geschoven stoel geleund, zonder verdriet, zonder pijn, zonder vreugde en aanhankelijkheid. Ze was zo schattig, zoals ze daar zat, met haar onbezielde schoonheid, dat niemand aanvankelijk meer van haar verlangde.

Maar juist daarin school het gevaar. Zo veroverde ze een plekje in het hart van iemand die dat anders nooit voor haar zou hebben ingeruimd. En het jongetje gaf er voldoende voedsel aan. Want in de eerste plaats was ze ook zo'n zwijgzaam wezentje, zoals iedereen daar in huis, en bovendien was ze echt mooi. En dat was iets nieuws.

Voorlopig leek dat genoeg. Nadat hij haar wat pap had gevoerd, zette de paardenhoeder haar weer in de draagmand. Ze zat gehurkt te wachten, zonder ongeduld, terwijl de oude man zijn pijp opnieuw stopte, en ze was geen mensje en ook geen ding.

In die tijd leefde ook de kwieke, blije goudvink nog (een beestje waarvan wel wordt gezegd dat het van blijdschap kan sterven), en het jongetje wilde graag weten of het deerntje de vogel niet toch had gehoord. Maar op dat moment stond de oude man onder veel rumoer en gesnuif al met dat mooie niemendalletje bij de deur, met zijn stok monter over zijn schouder. Daarna waren ze weer alleen, en het leven was niet zo dat je lang bij zoiets stilstond.

Dat was jaren geleden. Later was het nog een paar keer voorgekomen. In het begin groeide het kind heel langzaam. Vier jaren leken er twee. Maar toen hij haar een hele tijd later opnieuw tegenkwam en haar met verstolen nieuwsgierigheid bekeek (eigenlijk was hij haar tegemoetgelopen toen ze met de oude man van de paardenwei naar huis liep), bleek ze een wonderschone paradijsbloem te zijn geworden, een soort levensgrote gentiaan. (Het is merkwaardig gesteld met het menselijk lichaam: een slapende ziel kan heel heilzaam zijn. Ik heb ooit een jongeman gezien, een vierentwintigjarige epilepticus, die in reinheid en heiligheid niet onderdeed voor het lichaam van Christus. Maar als hij sliep, leek hij een slapende liefdesgod. En zijn vierentwintig jaren leken er amper achttien, zo ongebruikt, zo onbezoedeld waren ze nog.) Aan die wonderlijke knaap deed dit meisje, dat een jonge vrouw was geworden, je denken. In je verbeelding had ze zijn Psyche kunnen worden. Ze was amper zeventien, misschien nog jonger. Haar lichaam was sneeuwwit gebleven doordat het zo graag in de schaduw sliep. En haar hoofd, met een vracht opgestoken haar, was onbeweeglijk en bijna hooghartig.

45

Natuurlijk werd snel duidelijk dat ze je niet waarnam, want eigenlijk nam ze ook de dieren niet waar die met wapperende manen langs haar liepen. En die had ze toch werkelijk moeten zien als ze iets van een ziel had gehad. Maar de dieren kenden haar wel en hielden van haar. Nu eens het ene, dan weer het andere dier genoot mee van dat doelloze nietsdoen. Als het kind bij een bron uit de goot dronk, kwamen de dieren er graag bij staan om tegelijk met haar hun dorst te lessen. En vaak lag het meisje tussen twee paarden die uit levensvreugde door de bloemen rolden. Een andere keer kwam er een van achteren naar haar toe en drukte zijn hoofd tegen haar rug, alsof hij haar de berg op duwde, en weer een andere keer, toen ze met los haar verloren voor zich uit zat te kijken, legde er zelfs een peinzend zijn kin op haar hoofd.

Zo verwonderlijk was het dus niet dat je haar niet alleen verrukkelijk vond, maar zelfs van haar hield. Want ook al was er iets wat je waarschuwde, alsof het een doodzonde was om te houden van een wezen zonder ziel, ook al bevestigde je intuïtie de influisteringen van je geweten, het meisje werd daardoor niet anders. Ze was een rijke boerendochter, wat alleen maar bijdroeg aan het respect waarmee de anderen haar bejegenden. Voor haarzelf betekende het dat ze niet werd geknecht of gedwongen tot een besef dat ze niet had, het besef dat geknechte jonge dieren zo misvormt en tot nog iets heel anders dan dieren maakt: tot iets verachtelijks. In zekere zin was ze zelfs meer dan alleen een mens. Haar ongestoorde, mooie manier van leven verleende haar bewegingen een mate van perfectie die in het gewone leven maar zelden voorkomt. In de stad zou haar ziekte misschien tot de geesteziekten zijn gerekend. Hier op het platteland was ze de debiel, gewoon de debiel. En wat ze deed, werd in zijn tijdelijke oneindigheid een landschap dat telkens opnieuw werd geschapen. De jonge boer dacht in ieder geval aan haar. En meer dan dat hoefde hij niet te doen, dagenlang. Dat was voor hem voldoende.

Hij zou die herfst ook met het mooiste levende meisje uit de hele omgeving niet naar de kermis zijn gegaan, simpelweg uit verdriet om dat ene dode meisje. Want ook al leefde ze, al ademde ze, hij zei bij zichzelf dat ze dood was, dat ze vervloekt was. En toch was ze ook weer niet vervloekt in de ware zin van het woord. Het was gewoon de toestand van een plantaardig gebleven ziel. Hoewel ze dronk bij de bron, kon ze niet zelf eten. Zoals bloemen worden gevoed door de hemel, zo moest zij worden gevoed door een menselijke hand. Anders zou ze van haar bord hebben gegeten zoals ze zich van de bron bediende. Maar nu zat ze aan de voeten van de oude paardenknecht. En de oude man doopte met een soort ontzag de lepel in de koperen pan, die nog op de kachel stond – want rond de paardenwei heersten de gewoonten van het platteland –, en stak hem dan in de mond van het kind. Soms streelde hij het haar van het meisje of hij nam haar twee willoze handen in zijn behaarde, met littekens bezaaide oude-mannenhand.

Wat hij op zulke momenten vooral besefte, was hoezeer hij haar moest beschermen. Meer dan de paarden, die zich in het maanlicht vaak doodvochten in de wei. Hij mocht zogezegd niet slapen. Daarom behielp hij zich ook met twee jongere kinderen van de boer in plaats van met de knechten die hij had kunnen hebben, en deed hij, bijgestaan door die twee kleine arbeidskrachten, het meeste werk alleen.

Hij had al heel wat bomen zelf geveld en eigenhandig naar de drinkplaats gesleept om er goten van te maken, en soms verdween hij bijna onder de vracht hooi waarmee hij hijgend omhoogliep en leek hij zelf wel een berg gras. Hoewel hij van nature klein was, werd hij in zekere zin een man van formaat door de verantwoordelijkheid die hij op zich had genomen. Het mannetje zou zich zonder meer hebben opgehangen als het meisje iets was overkomen. Daarmee bedoel ik niet dat ze niet dood had mogen gaan. Alle mensen moeten sterven, zei de paardenhoeder bij zichzelf, en dit wezen is goed geborgen in Gods hand. Maar soms bekroop hem een heimelijke angst wanneer hij bedacht dat hij misschien zou moeten sterven voor het kind dood was. Daarom klom hij hoger en hoger op de leeftijdsladder en misschien was hij al even oud als die oude vrouw in de herberg, beneden in het eenzame dal, die misschien ook alleen maar bleef leven omdat ze niemand wist die haar werk kon doen.

Hij naaide kleren voor het kind. Hij deed het meisje schoenen aan als het koud was. En als het dagenlang regende, zette hij haar zijn eigen capuchon op, waarna hij geamuseerd om zich heen keek.

Maar hij koesterde niet de illusie dat ze aan hem gehecht was. Want ze kende zelfs het gevaar van vuur en water niet. Ze kende geen afgrond, zoals hij al met afgrijzen had gemerkt, ze kende haar ouders niet, ze kende niemand. Dat ze bij hem bleef, leek te komen doordat hij haar beschermde, doordat de honden haar beschermden en ja, doordat de paarden haar min of meer naar huis duwden. En toen dat allemaal bekend werd, voedde het de algemene fantasie. De meisjes deden haar na om elkaar te plagen of aan het schrikken te maken. De jongens hielden meestal hun mond, omdat ze niet wisten wat ze ervan moesten zeggen.

Ook de jongeman in de kleine eenzame herberg zei daarom niets. Maar hij worstelde er wel mee. Alleen al de gedachte eraan greep hem bij de keel, alsof hij de daad had begaan. Per slot van rekening was het een slechte daad. Ook als hij het uit liefde deed. Want wie ter wereld zou in die liefde geloven? En de wereld was het cement dat het bouwwerk van de mensheid bij elkaar hield. En aangezien dat alles scheen te zijn wat er was, moest je je wel buitengesloten voelen als je anders dan de wereld dacht. In zekere zin was je dan ook een dier zonder verstand, alleen niet zo'n mooi, sierlijk gevormd dier als het meisje.

En vooral hij, de jongen die zo slim was om rekening te houden met wat normaal werd gevonden, bleef liever vrijgezel dan dat hij trouwde met een geminacht of anderszins armzalig wezen. In zijn binnenste zat namelijk, zonder dat hij het wist, een kleine, stevige, naamloze eerzucht, die zich had vermomd als de plaatselijke zeden en gewoonten en onherkenbaar rondliep in een onverslijtbare lederhose en een stug grijs jasje met open overhemd. Het maakte die hele jongen een beetje meedogenloos, een beetje verwend, ook al wist hij zelf niet waardoor. Tegelijk was hij wat bangelijk aangelegd en altijd op zijn hoede. Zijn huisgenoten dreven de spot met hem. En toch vreesden ze hem ook. Het carnaval was hem kennelijk niet bevallen, of hij het carnaval niet. Anders was hij wel weer gegaan... (Zo praatten ze soms onder elkaar over hem.) Maar tegen hem zeiden ze niets. Ze hoefden ook niets te zeggen, je zag zo wel hoe ze over dat soort dingen dachten en dat moest voldoende zijn.

Overigens kon je bij een jongen die zo alleen leek nog helemaal niet weten...

Voorlopig werd die jongen helaas als een zweeptol door de liefde naar zich toe gehaald. Ze sloeg tegen hem aan, zodat hij danste. Hij moest ook blijven draaien, dat is de bedoeling van dat spel.

's Nachts werd hij wakker van paardengehinnik, hoewel hij helemaal geen paard had. En als de anderen 's ochtends gingen dorsen, wilde hij naar de paardenwei. Maar zoals dat gaat: bij het dorsen waren zo- en zoveel handen nodig en alles moest kloppen en in elkaar grijpen, alsof die handen de schoepen van een molenrad waren. Niemand had zich daar ooit aan onttrokken. Het was belachelijk om dat te doen zonder reden, zonder ziek te zijn bijvoorbeeld. Liefde was geen reden om niet te werken. Liefde was voor na het werk, als je klaar was. En ook dan alleen echte liefde. Deze liefde was helemaal geen liefde, zeiden ze, en daarom mocht hij er ook niet naartoe...

De jongen had het vreselijk moeilijk en was veel te onbedorven om zo'n smadelijk geheim met iemand te delen. (Bovendien was

hij van plan de gedachte eraan te onderdrukken.) Als hij thuiskwam, had hij het gevoel of hij naar zijn graf ging. Als hij naar
de dorsvloer ging, was het niet veel anders. Als hij ging maai-
en, had hij ook daar geen plezier in. Thuis was het merkwaardig
genoeg vooral zijn grootmoeder die hem kwelde. Ze herinnerde
hem misschien aan het meisje op de paardenwei. Ook van zijn
grootmoeder had hij zelden een woord gehoord. Ook zij leefde
maar door zonder het te beseffen. Ook zij was niet zoals andere
vrouwen. Daarom meed hij het huis waar hij woonde en verbleef
hij er alleen nog als het moest. Zodra het laatste weesgegroetje was
gebeden, duwde hij de houten boerenstoel als een kegel weg en
liep hij naar buiten, waar hij zich ook niet beter voelde.

Op een gegeven moment kwam hij in opstand. 'Ik moet en zal
naar de paardenwei.' Maar toen hij dat gezegd had, huiverde hij
en hij herhaalde het niet. In plaats daarvan zei hij het tegenover-
gestelde, dat wil zeggen, hij veranderde zijn woorden een beetje.
'Waarom zou ik eigenlijk naar de paardenwei gaan?' (Alsof hij
geen weet had van zijn liefde.) Maar ook al zou hij zijn liefde niet
hebben gekend, zij kende hem. Ze herkende hem altijd. Ze hield
hem gewoon in de gaten. Ze keek of hij zijn hooivork optilde,
hoe hij hem optilde, of hij grote stappen zette of stilstond, waar
hij bleef staan dromen. Als hij sliep, trok ze de macht over zijn
dromen naar zich toe en droomde voor hem. Hij klom dan in een
dennenboom, tot in de top en nog hoger. Hij merkte niet eens
dat hij boven was en viel aan de andere kant omlaag. Dan lag hij
met zijn in zijn droom verbrijzelde armen en benen aan de rand
van het bos onder de boom en tegelijk in zijn bed, en het was
nacht of ochtend. Maar ook dat maakte niet uit. Als hij wakker
werd, voelde hij alles als de pijn van zijn onpeilbare hartstocht.
En zijn slaapkamertje, waarvoor hij vroeger eigenlijk nooit oog
had gehad – het was gewoon de bescheiden ruimte die je nodig
had om te slapen; het had ook wel iets weg van een doodskist,
zo smal en laag mogelijk, tegen de strenge winter waar nooit

een eind aan wilde komen – dat kamertje bekeek hij nu bijna vijandig. Hij merkte dat er iemand binnenkwam van wie hij het bestaan nog altijd wilde ontkennen. In zijn verbeelding legde hij haar naast zich, bevangen door lichamelijke afschuw als voor een dode geliefde.

Zijn denkvermogen leek daarna uitgeput en plotseling richtte hij zijn blik op een vlieg, die overdreven luid door de kamer zoemde, en hij sloeg het beestje afwezig gade, alsof zijn hart niet zojuist iets vreselijks had meegemaakt. En vaak reinigde hij zichzelf ten slotte nog met wijwater. Maar dan droomde hij 's nachts weer van een vogelverschrikker die op de grond lag. Dan was het weer het meisje. Dan verscheen ze weer als een kruisbeeld langs de kant van de weg.

Hij besloot weg te gaan. Alleen wist hij niet waarheen, alleen wist hij niet waarom. Hij had nooit weg gewild. Hoe moest hij de anderen uitleggen dat hij vertrok? Bovendien lag er nog zoveel werk te wachten. Ze zouden in plaats van hem een knecht in dienst moeten nemen. Hij zou hen benadelen en ook zijn eigen bezittingen schade berokkenen. Nee, weggaan... Dan zouden ze nog te weten komen dat hij verliefd was. Ze zouden ook nog ontdekken op wie... Hij kon beter hier blijven. Want ook degenen bij wie hij dan in dienst kwam, zouden misschien vragen stellen. En liefde in een pril stadium lijkt vaak net zo doofstom en onnozel als het meisje in werkelijkheid was. Zulke liefde wil niets horen of zien. Als je de eerste keer iets gevraagd wordt over je liefde, is het alsof je in een rivier wordt gegooid.

Daarom nam hij een ander besluit. Tegen zijn wil eigenlijk. Hij besloot te trouwen. Waarom ook niet? Hij zat toch niet aan haar vast? Hij zat toch niet aan die liefde vast... Het was toch allemaal maar inbeelding.

En alsof de meisjes hierop hadden zitten wachten, schoot hem het ene na het andere te binnen. Een moeder had hem niet vlijtiger kunnen adviseren...

Plotseling herinnerde hij zich een vrome weversdochter in een dorp aan de andere kant van de berg, achter de heuvel waar de paarden graasden. De gedachte aan haar liet hem niet los. Hij had niet kunnen zeggen waarom. Hij had haar maar één keer gezien; ze had op haar weefkruk gezeten, bleek en bescheiden, met rechts en links een spinnende, weldoorvoede poes. Van dat tafereel had hij genoten. Daar hield hij van, vrouwen die volledig opgingen in hun werk. Hij hield niet van vrouwen die maar wat zaten te giechelen en telkens iets anders zeiden. Hij merkte dat hij best een rare kerel was geworden sinds de liefde hem te pakken had. Het was hoog tijd dat hij zich die weversdochter herinnerde. En zoals het gaat met iedereen die heeft geleden en uiteindelijk een redelijke oplossing vindt, stemde zijn voornemen hem vrolijk. Hij jammerde niet meer. Hij stond op het punt om met de anderen over zijn trouwplannen te praten. Maar ook zonder dat hij iets vertelde, merkten zijn huisgenoten het. Ze merkten het aan alles. En ten slotte haalde hij openlijk zijn groene jopper tevoorschijn en zijn lange broek en de hoge laarzen, waar hij zijn broekspijpen in kon stoppen, want hij hield niet van die lange, slappe pijpen; hij vond het net halve jurken. Hij haalde zelfs een horlogeketting tevoorschijn.

Hij waste zich bij de put alsof hij zich opmaakte voor de jongste dag. Toen liep hij de deur uit, zonder stok en zo, zoals je naar de kerk gaat. Hij nam de officiële weg, zoals het hoorde als je zoiets belangrijks ging doen. Hij volgde de rijweg, die midden door het bos liep. Af en toe kwam hij vreemdelingen uit de omliggende dorpen tegen. Of een boerenvrouw trok haar rok strakker en groette hem. Of een vogel hupte roepend voor hem uit. Of hij bleef staan, omdat zo'n wandeltocht iets nieuws voor hem was. Het was hem blij te moede. Zo gaat het altijd als je de juiste beslissing genomen lijkt te hebben. Bovendien leek de weg met goud bezaaid. En er hing nog meer aan de bomen. En daartussen stonden de sparren en de roodachtige stammen van de grove dennen, die misschien in de meerderheid waren, maar niet zoveel licht gaven. Hij voelde de lucht als een lieveheersbeestje op zijn hand zitten. En het ene na het andere eekhoorntje keek met zijn jeneverbesoogjes naar de jongeman die daar zo lustig liep, midden op die brede weg. Het was goed dat het niet zo ver was voor een wandelaar die flink doorstapte, anders zou hij toch nog zijn afgedwaald. Want de paardenheuvel was groot en ook zonder pad kon je er altijd nog naartoe. Eerlijk gezegd had hij de mogelijkheid om erheen te gaan nog niet helemaal uit zijn hoofd gezet, maar hij gaf dat niet hardop aan zichzelf toe en richtte zijn aandacht dapper op het weversgezin, dat in de verte familie van hem was. Bovendien wilde hij in hun dorp nieuwe zeisen kopen, want hij had gehoord dat ze daar goedkoper waren.

Opeens stond er een hinde voor hem, een eind van hem vandaan, maar met haar kop naar hem toe, midden op de weg. Hij moest ook blijven staan. Het duurde een paar minuten. De heilige naaktheid van het ranke lichaam ontroerde zelfs hem, die norse en nu nog norsere kerel. Misschien had hij tranen in zijn ogen (want onbewust gingen zijn gedachten een andere kant op). Toen viel er een regen van bladeren uit de bomen. Voor zijn voeten hupte weer een vogeltje weg. En ook al wist hij amper hoe, op dat moment had de jongen de uitgang van het bos bereikt. Als iemand die gewend was aan akkers en velden, voelde hij de herfst daar veel sterker; hij voelde zich er beter thuis dan in het mooiste bos. Hij zag de kerktoren. Hij zag ieder huis afzonderlijk, ook dat van het weversgezin. Hij kon zich nu voorbereiden op zijn bezoek. Weer kwam hij dorpelingen tegen in hun zondagse kleren. Weer klonk er klokgelui. Aan het gelui te horen zou de kerk weldra uitgaan.

Hij kwam nog net op tijd voor de zegen. Als een zilte traan liep het wijwater langs zijn voorhoofd. Daarna golfden de orgelklanken als bloemen, als rozen en dahlia's, als een weelde van tuinbloemen over hem heen. Daarna bereikte het laatste zilveren getinkel van een wierookvat zijn oor. Daarna liep de kerk leeg. Eerst kwamen de mannen. Die willen altijd zo snel mogelijk de kerk uit. Daarna kwamen de kleine meisjes en ten slotte de vrouwen. De jonge boer keek toe. Ook de vrouw van de wever bevond zich onder de kerkgangers. Ze herkende hem meteen. Ze nodigde hem uit om langs te komen. Zodoende ging hij eerst naar de kruidenier en hij kocht daar een half pond suikerkegel en een pondje koffie. Daarna ging hij in de herberg eten en daarna ging hij naar het weversgezin. De vele mensen om hem heen maakten hem misselijk. Hij had de indruk dat hij er van zijn leven nog niet zoveel bij elkaar had gezien. Hij was blij dat het enorme weefgetouw in de weverij die dag stilstond, dat de spoelen waren weggelegd en alleen de poezen op de weefkruk lagen te spinnen, aan elke kant één, alsof het meisje tussen hen in zat. Het waren prachtige dieren, gewend aan nietsdoen en mooi zijn. Ze kregen de liefdevolle aandacht waarmee bij andere mensen de geraniums werden verzorgd. Verder was het vertrek leeg. Dat wil zeggen, bij de kachel zat de wever te slapen. Hij was in hemdsmouwen. Op zijn geschoren gezicht lag een zondagse glans. De jongen ging alvast zitten. Hij was onder de indruk van de schone, lichte kamer. Bij hen thuis was het natuurlijk niet zo. Hoe had zijn oude grootmoeder ook meer kunnen doen dan het hoogstnodige. Het werd tijd dat er bij hen een vrouw in huis kwam. Hij voelde zich warm worden en gretig. Toen kwam de jonge vrouw binnen, schuchter, omdat ze al wist wie er zat te wachten. Ze zette een mand met gebreide sokken op tafel. Nadat ze een paar woorden hadden gewisseld, begon ze de sokken te stoppen. Toen kwam eindelijk ook haar moeder. Ze wekte haar echtgenoot. En toen kwam alles tot leven. De wever vertelde. Hij vertelde hoeveel linnen en halflinnen hij al had geweven. Hij zei dat je kon uitrekenen tot waar in de wereld zijn linnen kwam. Je had toch kilometers. Bij hem waren het meters. Maar wel evenveel. Want hij was zeventig en zat al vanaf zijn dertiende achter dat weefgetouw van hem. Als je alles bij elkaar optelde, kon je een heel eind lopen zonder natte voeten te krijgen, ja, je kon een verre reis maken onder zijn dak. Dan had je geen paraplu meer nodig. Iedereen lachte. Ze zouden de kroeg bijna vergeten. Maar nadat ze een glaasje schnaps en een kom warme koffie hadden gedronken, gingen ze toch. Alleen de mannen natuurlijk. De weversdochter deed de deur achter hen dicht, een beetje lacherig, een beetje blozend. Ze had de bedoeling van het bezoek, het pondje koffie en de suiker begrepen. Geen vrouw was zo dom dat ze zoiets niet begreep. Bovendien wilde ze het begrijpen, want de jongeman stond haar aan. Hij was rustig, net als zij, en het was een fatsoenlijke kerel. Ze dacht er het hare van toen ze haar stopwerk pakte en het verruilde voor een stapel wit verstelgoed, waarachter ze zwijgend en vlijtig bijna helemaal verdween. Zo'n zondag kwam uit Gods hart.

Waar de mannen gebleven waren, wist ze niet. Het was nacht toen de wever thuiskwam en weer nacht – dezelfde en toch een andere – toen ze gingen slapen.

Buiten waren alle kleuren verdwenen. De herfstwind die begon te ruisen, had het rijk alleen. Hij haalde zelf het sieraad van zijn gekroonde hoofd. Het regende bladeren. Maar de maan stond nog boven de landweg en maakte die tot op grote afstand zicht-baar. Hij wierp zijn weefsel kwistig voor de voeten van de jonge boer. De jongen kon niet verkeerd lopen. Hij was een beetje aangeschoten en daarom kwam dit maanlicht hem goed uit. Het scheen in zijn ogen en als in trance werd hij voortgedreven. Dat ging een hele tijd goed. Maar omdat er verder niemand op de weg was, omdat hij niemand tegenkwam, kreeg hij stilaan een akelig gevoel. Het was de afschuw van zichzelf die hem 's nachts beving. Hij bleef staan. (Niet om niet meer door te lopen, alleen om even na te denken.) Was er niet iets wat hij wilde? Had hij zich voor de terugweg niet iets voorgenomen? Hij begreep het meteen. Bijna zo vlug als een hert sprong hij over de greppel. Nu was hij niet meer te zien. Nu was hij ook niet meer te horen. Zijn stappen werden gedempt door de deken van bladeren op de smalle paden. Alleen zijn stijve leren laarzen maakten een klaaglijk geluid, zoals je soms in de natuur hoorde, een gepiep dat aan de bronst van wild deed denken. Hij had die laarzen beter niet aan kunnen trekken. Maar daar stond hij niet bij stil. Zijn enige gedachte was dat hij nu het mooie, debiele meisje wilde zien. Misschien verbeeldde hij zich dat hij haar kon ontvoeren. Ze was immers maar een dier. Maar even later dacht hij nergens meer aan, omdat het toch allemaal niet waar was, behalve dat ene: dat hij haar wilde hebben. Daar liep hij met grote, meedogenloze passen op af. En hoewel hij nog een uur of langer te gaan had, voelde hij al dat hij bij haar in de buurt kwam. Hij koesterde ieder blaadje dat op hem viel. Een hert burlde. Hij begreep het dier wel. Hij dacht aan de hinde die hij op de heenweg was tegengekomen. Alles was hem nu duidelijk. Alleen was het bijkomstige voor hem nu de hoofdzaak en de hoofdzaak het bijkomstige. Hij zag de pastoor voor zich. Hij voelde de druppel wijwater. De bloemen van het orgellied werden over hem uitgestrooid. Alsof hij had gebeden voor de arme zielen, zo voldaan verliet hij in zijn fantasie de heilige plaats. Tussendoor hoorde hij zijn laarzen piepen en een dier brullen. Het moest het geburl van het hert zijn, hij hoorde het nu alsof het vlakbij was. De liefde beroofde hem van zijn verstand. Lichaamloos hield ze hem in haar armen... En alsof er iets in de weg stond, kwam hij maar moeizaam vooruit. Hij bleef staan en ademde luid van het snelle lopen. Zijn laarzen waren nu stil, omdat hij stilstond natuurlijk, hij luisterde. Maar hij zag nog steeds niets. Hij had het gevoel dat hij al heel dicht bij de paardenwei was. Nu hoorde hij een hond huilen. Hij huilde waarschijnlijk naar de maan. Ook de dieren hadden hun leed. Hij keek omhoog. Boven het smalle bospad kon hij maar een klein stukje hemel zien. Niettemin scheen er een ster tussen de bomen door. Er stond geen zuchtje wind. Toch rook hij iets. Het was iets vreemds en het kwam op hem af. Oei, dacht hij plotseling, had ik die zeisen toch maar gekocht. Maar toen liep hij door, een mengeling van bier en schnaps, wijn en allerlei gedachten, onbelangrijke en slechte. Zijn laarzen piepten weer. De herten burlden. Het geluid kwam van vele kanten.

Eindelijk zag hij maanlicht. Voor hem lag een veld waar nevel-sluiers overheen trokken. En midden door dat veld stroomde een murmelend beekje in een onvoorstelbare, bijna betoverende zig-zagbeweging. Doordat het zich zo vrij bewoog en zo'n mysterieuze loop nam, leek zijn zilver op een jurk die van zichzelf wist dat hij kostbaar was, die praatte en zuchtte, lachte en huilde.

Hier begon de paardenwei. Verbaasd dat hij er zo lang over gedaan had om hier te komen, bleef hij staan. Kwam ze daar niet aanlopen? Bij zo'n arme ziel was alles mogelijk. Hij bleef weer staan. Want hij had het gevoel dat er iets had staan wachten tot hij uit het bos kwam. En hij zag dat er samen met hem een hert uit het donker stapte. Voorlopig was het er maar één. Later misschien vier. Maar dat ene hert achtervolgde hem. Hij wist niet waar het aan lag. Het zou ook veel te laat zijn geweest. Hij liep daarom flink door en dacht, zoals je tegen jezelf praat als je in gevaar bent: die kunnen mij toch niet achtervolgen. Plotseling dacht hij nergens meer aan, ook niet aan het meisje. Toch keerde hij zich in haar richting, alsof hij op de een of andere manier hulp zocht. Maar juist van die kant kwam een hert aan. Dus liep hij op de beek af. Hij stak de beek over. Even later had hij het midden van de open plek al bereikt. Verder kwam hij niet.

De hertenbok sprong over hem heen, alsof hij uit was op een grimmig steekspel met een mens. Nu is het met me gedaan, dacht de jongen. Het dier had hem omvergegooid. Maar zoals de mens nu eenmaal is, was hij meteen daarna weer vrolijk opgestaan. Hij had moeten blijven liggen. Misschien had het boze dier hem dan met rust gelaten. Het moest toch weten dat hij geen wild was, maar een mens. Wist het dan niet wie hij was, dat hij het was?

Hij was de jager. Hij kon een geweer bij zich hebben of een zeis. Waarom was het daar niet bang voor? (Hij had trouwens niet eens een stok bij zich.) Misschien was het dier die nacht wel nergens bang voor geweest. Het wilde vechten.

Het begon weer over hem heen te vliegen. Maar steeds dichterbij, steeds lager. De jongen lag in het gras en trok zijn hoed over zijn hoofd om niets meer te hoeven zien. Want de sprongen die van een afstand op hem afkwamen, waren verschrikkelijk. De herten (zoals gezegd inmiddels meer dan één) stoven over hem heen alsof hij er niet was. Of erger nog, alsof hij niets was. Hij voelde hun lichte, maar harde hoeven al op zijn jas. Hij kon ze bijna tellen. Ze schenen hun bronstwoede op hem te koelen. Soms leek het alsof ze weg waren, maar dan dartelden ze alleen bij de beek over de nevelslierten heen, zoals ze eerst over hem heen waren gesprongen. Ze verdwenen even en werden weer zichtbaar. Dan vormde hij als het ware de tweede hindernis tijdens hun race, en de derde was de schoot van het groene bos. Maar ook van daar kwamen ze weer terug. Hij was het, de mens die daar voor dood in het gras lag, die de woestheid van hun sprongen telkens weer aanwakkerde.

Hoe vaak ze zijn hoofd raakten, hoe vaak ze zijn armen en benen schampten, kan alleen maar worden vermoed. Toen ze hem eenmaal in hun hertenhart hadden geprent, vergaten ze hem ook niet meer. Dat zit in de oeroude aard van zo'n dier. Het laat niet los. Luid burlend stormde het op hem af. Het ging een vreselijk gevecht aan met een weerloze mens. Het nam hem op zijn gewei. Het sprong met hem over de beek en droeg hem over de nevel heen. Het dier scheen niets te merken van zijn last. En zoals de schrik de jongen al sprakeloos had gemaakt, zo leek hij hem tegelijk gevoelloos te maken. De vreugdevolle razernij van het dier droeg met groeiende kracht iets wat schijnbaar niet bewoog. Het ene hert pakte het van het andere af. Het ene hert sprong met de buit op zijn brede gewei voor het andere uit.

De maan en de sterren verroerden zich niet. God verroerde zich niet. Bos en veld hielden zich stil alsof ze er niet waren. Alleen de herten bleven deinen met die buit op hun gewei, de dwaas die hen tevergeefs voor de gek had gehouden met zijn klaaglijke laarzen, alsof hij een hinde was, een pure, onschuldige hinde. Het burlen was verstomd. De dieren leken alleen nog een en al vreugde en lege triomf.

Zo trekt menige nacht over een stervende, over een dode.

De hemel brak weer open met een zachte, rode streep. Honden vonden het eerste spoor van de dode. Kwispelend trokken ze de oude herder en de twee jongens mee naar de plek waar hij lag. De paarden liepen snuffelend over het slagveld. Op de borst van het lijk landde een vlinder.

Toen ze een baar aan het maken waren om hem te vervoeren, kwam ook het meisje erbij staan. Zonder te schrikken, zonder angst, zonder het geringste gevoel te moeten helpen. Zij die nooit ook maar de kleinste kruik had gevuld of gedragen, liep naast de oude man argeloos met de baar mee. Dennentakken en bladeren bedekten het slachtoffer. De mensen die ze tegenkwamen, namen hun hoed af voor de majesteit van de dood. Niemand hoefde de paardenhoeder de weg te wijzen. Hij wist waar hij heen moest met zijn vracht. Daar beneden, halverwege de weg naar huis, waar hij de draagmand met zijn pleegkind altijd had neergezet, waar het uithangbord hing met de jager en het hert dat wegrende voor zijn hagel.

De muis

De dood stond klaar in de vorm van een val. Maar voordat zijn tijd gekomen was, moest de muis de muur naar mijn slaapkamer nog doorknagen. Hij moest een lange smalle weg uitknagen en door mijn slaap heen knagen.

Af en toe sloeg ik met mijn vuist tegen mijn bed en schrok daar zelf van, zo donderde het lawaai boven alles uit wat je 's nachts maar kunt bedenken. En ik meende te merken dat ook de muis terugdeinsde. Maar nog voordat de golf van schrik overging in stilte, was in de verte dat zachte geknaag alweer te horen. Het klonk zo zacht dat het alleen hoorbaar kon zijn voor iemand die alleen in zijn huis, bij een door de maan beschenen veld aan de rand van een bos, op zichzelf was teruggeworpen. Hij bewaakt zichzelf als zijn eigen jachthond en zou ook elk gevaar dat hem in zijn slaap bedreigde allang hebben gehoord. Hij is als de mist wanneer het donker is, de mist die in zijn eigen licht lijkt te leven. Hij is als de regen wijd en zijd, hoog en ver, in de hemel en op aarde. Hoe zou het geknaag van een muis, die weer op zichzelf gerichte bezigheid, hem kunnen ontgaan? Hij voelt het in zijn bloed. Dus stak ik opnieuw mijn kaars aan, die banvloek voor alle viervoetige indringers. Maar de kaars leek niet zo te zijn als in andere nachten, waarin hij met engelenvleugels beschermend boven de donkere afgrond van de angst zweefde en een geest van de schaduw werd om nog als licht te dienen... Trouweloos koos hij plotseling de kant van mijn vijand en werd hij in zijn kandelaar zelf een soort knagend wezen. Hij vrat mijn slaap weg en maakte de muis niet bang.

Maar de muis was ook nog niet waar ik was, in dat nachtelijke licht. Dat moest nog komen. Ondertussen viel ik in slaap en droomde ik bij het schijnsel van de kaars. Ik droomde van een stad, van zijn onderaardse gangen. Toen werd ik weer wakker. Deze oneigenlijke nacht pakte me de rust die hij me had gegeven meteen ook weer af. De muis knaagde harder dan eerst. Het licht brandde nog. Ik gaf weer een dreun met mijn zichzelf pijnigende vuist. Daarna werd het stil, maar alleen zolang de schrik, onze gemeenschappelijke schrik duurde. En voordat die helemaal in het niets verdween en dat onbeschrijflijk zachte geknaag weer begon, richtte ik mijn aandacht, al op zoek naar hulp en opnieuw in de voetstappen van het oneindige, op een geluid dat zichzelf toebehoorde: de klok. Hij tikte zijn minuten alsof het een spel was met de sterren. Ik voelde me één met die klok. Ik luisterde ernaar als naar het kloppen van mijn eigen bloed. Maar wie begon ermee te wedijveren, zachter en verder weg dan een klokje kan? De muis. Ik moest bijna lachen. Maar dat doe je 's nachts niet. Het is gevaarlijk om 's nachts te lachen. Nachtelijk gelach grenst aan waanzin. O, god van de slapelozen: u belemmert geen plant in zijn groei (of u moet hem doden). U belemmert geen regendruppel in zijn val uit een wolk – waarom belemmert u dan wel mijn slaap?

Laat de muis maar knagen als hij niet anders kan, onophoudelijk knagen, nacht na nacht, tot het huis nog boven hem instort. Maar ik, arm mens, ik wil rust. Meer dan wat ook in het leven heb ik rust nodig. Rust is het eeuwige voedsel voor de ziel. Wie geen rust krijgt, beleeft de nacht als de dag. Wie geen slaap vindt, hoort de wateren en de winden eindeloos in de toppen van de bomen ruisen. Voor hem leiden alle wegen, ook de helder verlichte, die door de maan worden beschenen, naar hemelse afgronden. Hij is als iemand die verdoemd is.

En overdag heeft de zon hem in zijn macht, als een maan. Hij sluit zijn ogen en loopt als een blinde op de tast rond in een door de zon betoverde wereld. En hij denkt alleen aan het kwaad, aan alles wat die wereld zichzelf al heeft aangedaan.

Maar dan, alsof die slapeloze nachten al tientallen jaren geleden zijn voorbereid, herinnert hij zich de verhalen die hem ooit over die dieren, de muizen, zijn verteld. Over akkers die deinden onder levende golven veldmuizen. Ze sprongen van het ene gat in de aarde naar het andere om de wortels van de gewassen af te bijten. De akkers, alle akkers in de wijde omtrek, waren verwoest. Ze waren niet meer van de boeren of de planten, ze waren van de muizen. En de verhalen over die verwoesting waren zo huiveringwekkend dat ze niet konden worden naverteld. Alle vrouwen bleven thuis, ze mochten niet naar de akker en wilden ook niet naar de akker. En ik dacht: als ik op een dag doodga, wat verschrikkelijk... word ik dan ook aangevreten door de muizen? En ik zag een schedel waar muizen uit huppelden.

Toen kwam er, alsof zo'n mensenhoofd niet meer is dan een holle kalebas met een lichtje dat op kan branden, plotseling een moment waarop ik geen nut meer leek te hebben voor de muizen of de maan, zodat ik eindelijk kon slapen. Ik sliep zonder te dromen. Het was een vluchtige slaap, een beetje zoals verweerd, strogeel gras, een slaap zonder inhoud. Bijna verbaasd werd ik wakker. Ik herinnerde me alleen een sidderend geluid. Het kwam bevend, als iets kleins, van één punt in de buurt van mijn bed, maar ik voelde het in elke vezel van mijn lichaam: een wezen wilde zich uit zijn gevangenis bevrijden! Dat schepsel hing nu eens met alle vier zijn poten aan de staaldraad van de dichtgeklapte val, alsof het zich bovenin vrijer voelde, dan weer rustten zijn knaagtanden machteloos op het ijzer. Ze was onverteerbaar, die gevangenis. Het leek er zo licht als het maar kon, en toch was het de gevangenis aller gevangenissen. Een muis voelt dat, en de mens, die een lotgenoot kan worden in zijn lijden, ook al weet hij niet hoe of wanneer (en al zal het niet zijn vanwege een stukje spek), die mens weet heel goed wat dat diertje doormaakt. Daarom zat ik er ook meteen middenin. Met mijn een paar tellen eerder nog slapende ogen begreep ik wat er was gebeurd. Ook ik trilde inwendig. Maar toen ik dacht aan mijn slapeloze, smartelijke nacht, glimlachte ik toch vol leedvermaak. Nu was de muis aan de beurt. Hij had mijn nacht zo lang geteisterd dat zijn dag was gekomen, belichaamd door mij. Niet dat ik van plan was hem te doden, hoewel alleen zijn dood mijn rust werkelijk kon waarborgen. Ik wilde me verzekeren van zijn schrik, zodat hij mijn huis voortaan misschien zou mijden. In het bos wemelde het immers van de eikels, wortels en bessen. Daar kon hij zich tegoed aan doen en tegelijk de zoete vrijheid smaken. In de winter kon hij beschutting zoeken tussen de wortels, die warmer waren dan een huis. In gedachten prees ik het schepseltje, dat ik heel aardig vond, als het maar niet langer mijn huisgenoot wilde zijn. Ik haastte me zelfs voor de muis. Ik kleedde me alleen aan om me schoon te wassen van het omhulsel van de nacht die ik zojuist had doorstaan, een omhulsel als een holle larve die voor altijd aan me wilde blijven kleven. Af en toe keek ik bezorgd naar het diertje. Het was stil geworden. Zijn grijze, zachte vacht stond in stekels overeind. Zoals alle slapende dieren leek het iets vast te houden: zichzelf. Dat stelde me gerust. Ik wijdde me aan huishoudelijke bezigheden. Je hoeft niet banger te zijn dan nodig is, dacht ik. Ik wil alleen nog even ontbijten voor ik naar het bos ga. (Onvoorstelbaar dat ik nog aan eten kon denken terwijl een levend wezen in mijn huis uit doodsangst in slaap was gevallen. Mijn eerste daad na het wakker worden was niet dat wezen bevrijden. Ik wilde eerst nog een maaltijd gebruiken.) Dat het maar een muis was, een schadelijk dier dat onze voedselvoorraden en zelfs onze bij het wisselen van de seizoenen opgeborgen kleren stukbijt, dat het maar een klein beestje was in vergelijking met het grote leven dat ik nog vrijwel vanaf het begin moest volbrengen, was geen excuus. Er was niets waardoor mijn gewetenswroeging buitensporig of overdreven leek. Het was niet zomaar een muis, het was niet zomaar die muis, het was een schepsel, iets wat leefde. Aan de andere kant: niemand had tegen me gezegd dat ik van hem moest houden, dat ik het kleine groot en het grote klein moest maken. Het was geen spelletje, het ging om mijn leven.

Ik herinnerde me een kat die de lucht van een bevrijde muis had geroken. Het was ook op een ochtend. Ik stond als aan de grond genageld naar de muis te kijken. Parelgrijs, net als deze hier, met ogen die van angst niets meer zagen, maar alleen nog ingezette kralen in een onwerkelijk wezen leken, zo stond hij op zijn achterpootjes te smeken. Hij smeekte om zijn leven. Hij piepte. Hij gebaarde met zijn pootjes. Maar hij bleef staan waar hij stond. Zijn zwart glanzende, open ogen waren net kleine, stekende spelden. De kat hoorde en zag dat ook allemaal, maar keek ogenschijnlijk verveeld, met een poot in de lucht, over de muis heen. Het diertje kon niet ontsnappen, zodat de kat het gewoon vergat. Hij vergat het, zoals ik nu ook. Daarna moest ik aan de muis denken die in de val was gelopen toen ik op reis was. Hij was bijna tot stof vergaan. Het verhongerde skelet, dat zijn achterpootjes ver naar achteren strekte en zijn voorpootjes omhoogstak, zag er vreselijk uit. Er schoot me nog meer te binnen, want wij zijn verbonden met alle kwellingen die om ons heen worden ondergaan. Ze staan in ons leven gegrift. We dragen ze als schuld met ons mee. Onze belevenissen met de grootse natuur worden er als terloops duizendvoudig door versterkt. Als wij onschuldig waren, zou dat een mooi, heilig gezicht zijn, dat als een sterrenregen ons leven zou bekrachtigen.

Bij die gedachte liep ik langzaam, met hangend hoofd, terug naar de val. Ik wist het al: de muis was gecrepeerd.

De oude man

De waarde van ons bestaan hangt lang niet altijd af van de zwaarte ervan. Integendeel, omdat ons lot vaak helemaal niet zo zwaar is, moeten we er als het ware nog wat stenen bij pakken. En waarvoor we die dan gebruiken... Sommigen gooien ze naar wat hun op deze aarde het dierbaarst is. Anderen hebben ze moeten inslikken, dat beweren ze althans. En ja, ik ken ook wel mensen die eruitzien alsof ze stenen hebben ingeslikt.

Zelfs de as was uit de kachel gehaald. Er zat wat papier en vers rijshout in. Door de gaatjes in de pas gepoetste messingdeurtjes zag je het glimmen. Maar het wilde niet branden. Het was te koud. De kachel was te lang uit geweest; de ramen en deuren hadden te lang opengestaan. Nu kon hij niet eens meer een lucifer aansteken. Het hele doosje lag afgestreken op de blank geschuurde vloer. De oude man zat ervoor. Het knielen had hem al zijn kracht gekost. En toen hij er ten slotte toch nog een vond die ook nog ontvlamde, verstikte de kou het vlammetje weer tussen haar onzichtbare handen.

De oude man keek om zich heen, hij luisterde. Zou de jongedame al naar huis zijn? Een lichte stap van een bordenrek naar een deur vertelde hem dat ze er nog was. Dus raapte hij al zijn moed bijeen. Je waant je ook echt in een knekelhuis als zo'n stijve oude man weer opstaat. 'Hé!' riep hij toen hij zover was. Hij was haar naam vergeten, hoewel dat schepsel al een halfjaar elke dag om dezelfde tijd kwam.

Ze had hem gehoord. Met een steels lachje, om niet te zeggen een lachje vol leedvermaak (want uit een onschuldige vorm van boosaardigheid heeft de jeugd er een handje van te lachen om de vergeefse inspanningen van zijn broodheer), stond ze in de deuropening, met de klink stevig in haar werkhand. Maar terwijl zij zichzelf gedekt hield, werd de oude man nu helemaal blootgesteld aan de gemene tocht. En hoewel hij stilstond, leek het alsof hij werd weggeblazen. Hij had iets van een levenloos voorwerp, zoals hij daar stond en naar het gedoofde vuur wees. Je kreeg het gevoel dat je naar een onbemande zeilboot keek, die zomaar ergens ronddobberde.

De ramen, die niet goed dichtzaten, waaiden door de tocht weer open. De bovenramen hadden, zoals ze nu pas merkten, de hele tijd al opengestaan.

Toch was het ook weer niet naar de zin van de oude man dat alles zo vlug ging nu het door iemand anders werd gedaan. De jonge meid haalde een schep gloeiend brandhout uit het fornuis in de keuken en daarmee was de klus geklaard; de kachel brandde gewoon. Een paar kriskras over het brandhout gelegde blokken beukenhout maakten dat het geheel er goed uitzag. Het zou vast voor warmte zorgen. Maar we weten niet hoe het gesteld is met een door en door koude kamer, die ook nog eens als dodenkamer heeft gediend. Zo'n kamer beschouwt het gewoon als zijn plicht om te blijven zoals hij is.

En wanneer je dan denkt dat het eindelijk zover is, wanneer het ene blok hout na het andere wordt opgepeuzeld, komt er koud zweet op de meubels. De spiegel wordt dof, de schilderijen worden donker. En ook de ramen laten geen licht meer door, ze zijn beslagen. Dat doet dezelfde koude geest die het vlammetje van die lucifer uitdrukte. Of is het alleen de warmte die zich wil doen gelden? Des te erger.

Het allerdomste wat hij kon doen, was zich gewonnen geven en moedeloos op de bank neervallen. De verroeste veren zouden knappen en hem ruw van zich af duwen. Het was om te huilen. Het liefst zou je nog weglopen.

Maar de oude man bleef waar hij was, stil, zonder iets om-
handen te hebben, zonder iets te doen. Zijn hele bestaan kwam
neer op een soort niet-bestaan, op ledigheid. Terwijl het toch een
nuchtere, reële man was, voor wie het heel normaal zou moeten
zijn zich om zijn dagelijkse behoeften te bekommeren. Hij bekom-
merde er zich ook om, maar ook dat deed hij weer zo levenloos
dat je ervan kon gruwen. En je wist niet of je gruwde van de
nuchterheid die hij aan de dag legde, of dat zelfs zijn gruwelijkheid
nog een nuchter tintje had. Het moet gewoon vreselijk zijn om
zo'n oude man te zijn. Het was moeilijk te geloven dat hij ook
nog een mens was.

Hij trok nu een van zijn vreugdeloos rond de tafel gerangschikte
stoelen bij de kacheldeurtjes en wachtte op de warmte. Het werd
donker. Pas toen het buiten aardedonker was, kwam hij op de
gedachte een lamp te zoeken. Uit zuinigheid natuurlijk. Allebei
tegelijk was nergens voor nodig. Het vuur had tot nu toe als lamp
gediend. Dat was vrijwel zijn enige functie geweest. Maar doordat
het van het vuur kwam, was het licht niet meer dan een smalle
streep, die van de kachel naar de inmiddels dichte kamerdeur liep
en daar omhoogging, naar het plafond. Daar schoot het in stralen
langs de kettingen van een hanglamp omlaag, flakkerend en zwak,
zodat je de ongebruikte lamp nog net kon zien.

Toen de oude man in de aangrenzende kamers op zoek ging
naar een kaars, wilde hij de deuren niet openlaten, dat is logisch.
Zijn handen gingen tastend door de ene donkere kamer na de
andere. In de keuken moest een nachtlampje staan, maar dat kon
hij niet vinden. Vreemde mensen hadden daar een orde geschapen
die ze alleen zelf begrepen. Het was een orde die zijn eigen gang
ging en hem als het ware buitensloot. Toen bedacht de oude man
plotseling dat er in zijn slaapkamer een kandelaar stond. Die was
op de tast gauw gevonden. Maar hij stak de kaars pas aan toen hij
weer in de woonkamer was, omdat het vlammetje anders opnieuw
onder zijn handen zou zijn gedoofd en omdat hij dacht dat het

inmiddels warm was in de kamer. De avond duurde lang. En de oude man bleef net als eerst weer zitten waar hij zat, er was weinig veranderd. Je kon niet zeggen dat hij ergens op wachtte. Behalve misschien op het tijdstip waarop hij ging slapen. Je kon niet zeggen dat hij de tijd doodde, zoals je dat van andere mensen terecht kunt beweren. Zijn zonde was misschien dat hij de tijd niet tot leven wekte. Zeker 's avonds niet, als hij helemaal alleen was. En als hij opstond en zich ter ruste begaf, was het buiten net zo stil als in de kamer. Slapen deed hij bijna nooit. Alleen tegen de ochtend kwam er wat schemerlicht in zijn grijze ogen.

De lente kan tijdelijk een stap terugdoen, vooral wanneer de aarde 's nachts is afgekoeld en de rijzende vuurbol zijn stralenkracht nog niet heeft. In die uren is het echt ijskoud. Elk jong grassprietje is witgetand. De natuur herinnert zich het recente verleden en krijgt witte haren.

Dan lig je, alsof je een koud masker op hebt, te wachten, zonder enige hoop op slaap en dromen. Vooral de droom is het levende gebergte van de ziel in een toestand die verder zo op de dood lijkt. De oude man moest op zijn minst weten dat hij niet kon slapen of dromen. Maar omdat hij al op een leeftijd was waarop je bij tijd en wijle alles vergeet, leek het in elk geval soms alsof hij even weg was. En als hij er dan weer was, richtte hij zich meteen zo nuchter op zijn dagelijkse bestaan, dat zijn toestand nobeler zou zijn geweest als hij een beetje pijn of verdriet had gehad.

's Morgens ging hij altijd naar een onopvallend cafeetje. Daar was het tenminste warm. En er lagen kranten. Zo kon hij zich met het leed van anderen bezighouden. O, die vlucht voor je eigen ellende in die van een ander! Wie heeft dat niet al eens meegemaakt, al was het maar na op straat gevallen te zijn. Die kille blijdschap in het medelijden van de anderen. Want iets anders staat er op hun gezicht amper te lezen. De dagelijkse kranten zijn als een sneeuwbal waarvan zwakkelingen lawines maken die ze als hun gemoedsleven beschouwen.

De oude man begon zoals gebruikelijk met de ambtelijke mededelingen. Hij ging verder met de pagina's die het leven op straat beschrijven of de doorsnede van een huis tonen waar iets is gebeurd. Daarna las hij het nieuws over de handel en de beurs. Hij had daar niets meer mee te maken. Of misschien moeten we zeggen dat hij er nooit iets mee te maken had gehad. Dat was het hem juist: alles was al geregeld. Dankzij zijn kille karakter kon de orde die hij in zijn leven had aangebracht niet meer worden verstoord. Hij was maar één keer in zijn leven een zakelijke transactie aangegaan (al het andere wat hij bezat, was van oudsher in de familie) – en dat was toen hij trouwde.

Het vrouwspersoon dat in het café koffie voor hem inschonk, schoof met de koffiepot de krant opzij. Veel plichtplegingen werden daar niet gemaakt, want het was er heel goedkoop en iedereen die er kwam, nam met weinig genoegen. De eigenares wist dat, een van die levenswijsheden die iedereen wel kent, maar hoe flinker je bent, hoe meer je ervan kunt profiteren. En we weten wat de flinkerds helaas meestal voor mensen zijn. De oude man dronk dus, hij slurpte, want de koffie was heet. In een mandje lagen broodjes, waarvan je er zoveel mocht pakken als je wilde. Het kwam ook door die broodjes dat de sfeer in het vertrek vroeg in de ochtend aan een bakkerij deed denken. Toch voelde niemand zich er echt thuis, om allerlei redenen waar je moeilijk de vinger op kon leggen. De vrouw wilde na een paar uur, als de tijd voor het ontbijt om was, niets meer met de zaak van doen hebben. Ze ging achter in het vertrek zitten en jakkerde daar de steken van haar breikous af. (Het was een soort mond, die breikous, en als ze het daarvan moest hebben, kon je de rest wel raden.) Maar die ochtend begon ze om de een of andere reden een praatje. De oude man schrok bijna. Want goede woorden waren hem niet vreemd, ook al leek hij zelf levenloos en schrikte hij anderen af. Hij merkte echter dat er niets goeds in haar woorden school, alleen berekening. Toch had haar manier van doen iets bekoorlijks, waar de oude man niet tegenop kon. Ze was nog maar een jaar of vijfenveertig, een leeftijd waarop vrouwen vaak nog over een enorme macht beschikken. Vooral (hoe tegenstrijdig dat ook mag klinken) als ze gewoonlijk zwijgzaam en onvriendelijk zijn. Dan wordt die ene keer dat zo iemand iets tegen je zegt een fel lichtpunt, en degenen die in een hoekje van hun hart bang zijn, beginnen te stralen. Het is de zon van het slechte geweten, of de droefheid van de angsthaas.

'Zo,' zei ze, terwijl ze al zat te breien, 'u bent nu helemaal alleen, meneer Münster? Uw vrouw is gestorven?' Hij zei niet meteen 'ja', misschien antwoordde hij ook helemaal niet, want hij keek min of meer sprakeloos over de rand van zijn krant. 'Ze heeft een lange lijdensweg gehad! Mijn god!' Daarna ging ze weer door met breien. Misschien bracht ze op de top van haar breistekenberg wel een bezoek aan de overledene. De oude man gaf ook daarop geen antwoord. Hij wist wat het betekende een rijke oude man te zijn. Hij was zelf met een oude vrouw getrouwd. Ook al had ze toen nog zwart haar en was ze nog maar net vijftig. Maar met dat huwelijk had ze al in het zand gebeten. Vanaf de eerste dag ging ze dood, tien jaar lang. Tot haar natuurlijke tijd om te sterven gekomen was.

Ze was een goede vrouw geweest. Haar hele leven, dat vanaf haar jeugd tot aan die dag een rechte lijn had gevolgd, had ze iets kinderlijks behouden, achterlijkheid kon je het niet direct noemen, maar het had er wel de schijn van; het was een soort goedheid die door anderen met tegenzin als goedheid wordt beschouwd. Wellicht had ze zich daarmee ook de toenemende boosaardigheid van haar man op de hals gehaald, of misschien zelfs zijn hele huwelijksaanzoek, dat dan van meet af aan niet uit een goed hart zou zijn gekomen, maar slechts een manier was om de spot met haar te drijven.

Ja, vanaf de eerste dag werd ze ouder. (Met iets wat moet, kun je het beste maar meteen beginnen.) Ze werd ouder, terwijl hij jonger leek te worden. En al vanaf de eerste dag schaamde ze zich voor dat huwelijk. Waarom had ze zich er niet voor geschaamd voordat ze trouwde? Een paar dagen voor de bruiloft had ze nog een tiental dieprode anjerplanten voor haar toekomstige raam gekocht. O, was ze maar niet getrouwd! Dan was ze vast nog een hele tijd levenslustig en vrolijk gebleven. Maar door haar huwelijk zonk ze weg in het moeras van een treurige oude dag.

Ze waren meteen naar een andere stad verhuisd, zoals ze hadden afgesproken. Haar huisje werd nog op de laatste dag voor de bruiloft verkocht en van de opbrengst was ze mede-eigenaar van een tamelijk luxueuze huurkazerne geworden, waar ze daarna ook had gewoond en geleidelijk was doodgegaan. In tien jaar tijd. Tien jaar is niet lang? Neem van mij aan dat tien jaar lang kunnen duren, soms zelfs langer dan een heel leven. Het is hard werken, ellende die zo laat begint en toch de omvang van een volledig gerechtvaardigd bestaan wil hebben. Ze lachte al niet meer uit blijdschap, ze lachte alleen nog als ze op zichzelf was, en alleen omdat ze het van vroeger gewend was. Ze lachte naar haar suikerpot en haar glazen stolp, waaronder een klok stond te pronken; ze lachte naar haar gele kanarie. Toen zij doodging, lag ook hij dood in het zand van zijn kooi, na haar tien jaar gezelschap te hebben gehouden. (Ook die vogel had ze gekocht toen ze in het huwelijk trad.)

En als we ons weer in de caféhoudster verplaatsen, moeten we ons samen met haar afvragen wat de tweedracht in dat huwelijk nu eigenlijk inhield. Want met een onschuldige, voor de hand liggende verklaring zoals wij die kennen, zou zij geen genoegen nemen. Ze verwierp altijd alles wat ze voor het eerst hoorde. Waarna ze datgene wat er gezegd was langzaam en ongemerkt overnam en ten slotte weergaf als haar eigen mening. Het had geen zin om dan nog tegen haar in te gaan of erop te wijzen dat je precies hetzelfde had beweerd, want zij had altijd het eerste en het laatste woord. Voor haar bestond er niets anders dan zijzelf en haar café. En al het andere wat eraan vastzat, ontleende zijn bestaansrecht alleen weer daaraan. Zo stonden volgens haar ook alle andere mensen in het leven. Wie er anders over dacht dan zij, kon rekenen op haar onverdeelde minachting. En als ze toch in een hoekje van haar geest wist hoe het anderen verging en dat het hun anders verging dan haar, dan nog was het zoals gezegd in strijd met haar principes om dat toe te geven. Zo was het met haar gesteld toen ze zat te breien en het woord tot de weduwnaar richtte. En hoewel hij niets van dat hele gedoe moest hebben, bleef hij toch wat langer dan hij gewend was. Simpelweg omdat zij daarop aanstuurde.

Haar woorden waren voor hem een ware kwelling geweest. En wat had ze eigenlijk gevraagd? Bijna niets.

Hij stond op en vertrok. Zo'n dag is lang voor een oude man. Zeker wanneer die oude man geen goed mens is, maar iemand zoals hij. Hij hoefde nergens heen en kon niets verzinnen om zich niet te vervelen. Zijn jonge werkster had hem alles consciëntieus uit handen genomen. Het was de vloek van zijn boosaardige karakter dat het hem alle tijd liet voor de leegte. Hij liep door de straat met de mooiste etalages. Hij keek naar de uitgestalde spullen. Maar wat hij daarbij dacht, kan ik niet zeggen. Hij liep onder de arcade door en bekeek de verweerde schilderingen een voor een. Waarschijnlijk meer uit ouderdomsverstrooidheid dan uit werkelijke belangstelling. Toen haalde een parademars hem onder een van de bogen uit. Wat hij van muziek vond? Niets. Eigenlijk had hij maar twee soorten leren onderscheiden: marsen en walsen. En geen van beide had hem ooit kunnen bekoren. Wie met de muziek meeliep, deed hem denken aan de mensen die achter de gouden gans aan liepen en ongewild aan elkaar vastkleefden.

Om terug te keren naar zijn eigen leven: hoewel hij aan de buitenkant kleurloos leek, was hij er zich tot in de kleinste details van bewust hoeveel pijn en verdriet hij zijn naasten kon bezorgen en hoe hij zelf kon worden vernederd en gekleineerd. Hoe alledaags hij zelf ook was, het ontbrak hem niet aan inzicht in het alledaagse.

Wanneer hij niet even goedendag had gezegd, maar tussen de middag gewoon aan tafel was gaan zitten – niet even goedendag had gezegd tegen die vriendelijke vrouw. (Die tenslotte voor hem had gekookt.) Wanneer hij niet even dank je wel zei omdat zijn wasgoed hagelwit was en even zorgvuldig was gestreken als dat van een voornaam heer. (Terwijl hij qua stand ongeveer de gelijke was van een kantoorklerk.) Moest haar hand daardoor niet langzaam, geleidelijk verlamd raken? Letterlijk? Want hij at niet en genoot nergens van, uit een zichzelf opgelegde kilte.

Hoe kon ze vol energie voor die man blijven werken? Voor iedere taak die je verricht, heb je wel kracht nodig. Die ontnam hij haar als het ware, want hij leefde zijn leven niet samen met haar en ook niet naast haar, en voor hem waren het niet haar handen die hem bedienden, maar die van een willekeurig persoon. Hij deed alsof ze niet bestond. Hij liep langs haar heen. Zestig was hij toen nog maar. Hij verkeerde in goede gezondheid, dat was wel duidelijk. Hij was net versteend hout. De prijs die hij voor de vrouw had betaald was te hoog, althans volgens zijn berekening. Hij moest haar wel minachten. Maar misschien kwam het allemaal door haar vriendelijkheid. Zo kon je het in elk geval bekijken. Zelf had ze, zonder dat hij het merkte, haar spijt en haar schaamte verinnerlijkt. Ze vernederde zich tegenover zichzelf. Ze zei bijvoorbeeld, ook al zweeg ze ondertussen en bediende ze haar man: Dit is je verdiende loon. Waarom moest je nog met die jonge man trouwen, oud wijf dat je bent? (Zo jong was hij heus niet meer.) Ze haalde zichzelf opzettelijk omlaag. Was dat nou allemaal nodig geweest? Had de duivel zelf haar ingefluisterd dat ze nog moest trouwen? Had ze eerst geen heerlijk leven gehad? Had ze na dat beetje werk 's ochtends niet voor haar raam gezeten als in een chaise longue? Geen mens had haar daar ooit gestoord, laat staan gekrenkt. Haar leven was als de zuiverste honing geweest.

Dat hield ze zichzelf voor terwijl ze haar man bediende. Want ze had al op de tweede dag van haar huwelijk besloten niet meer tegelijk met hem aan tafel te gaan. Stel u eens voor wat dat betekend moet hebben voor iemand met zo'n onbevangen karakter.

Toch gaf ze het nog niet helemaal op. Toen bleek dat hij haar als vrouw niet respecteerde, deed ze haar best om een soort moeder voor hem te worden. Maar als ze bijvoorbeeld op een zondag, misschien omdat het een feestdag of zijn verjaardag was, spritsjes voor hem bakte in reuzel, ze uitspreidde op een bord met een gouden rand en dat op tafel zette, samen met geurige koffie in haar mooiste pot, die anders altijd in de glazenkast stond, dan kon ze alles na een poosje weer afruimen, alsof het niet meer was geweest dan roggebrood. Haar koekjes verloren hun charme en de koffie, die geurde alsof ze bij een Arabier in de leer was geweest, had ze net zo goed voor een rots kunnen neerzetten.

De oude man sloot zich af voor alle goedheid, zodat de moed haar allengs in de schoenen zonk en ook haar handen van lieverlee hun wil en bereidheid verloren. Al na een paar jaar had ze te oordelen naar haar uiterlijk werkelijk voor zijn moeder kunnen doorgaan. Zijn hardheid werd daardoor blijvend. Hij verouderde niet meer tot zij stierf. Hij werd, zoals ik al zei, een versteend stuk hout. En toen zij dat eenmaal begon te begrijpen, dat en alles wat er verder nog te begrijpen, echt te begrijpen viel, voelde ze zich op een dag zo uitgeput dat ze gewoon in bed bleef – alsof ze plotseling niet alleen zijn moeder of grootmoeder, maar een verre vooronder was geworden.

Het kinderlijke meisje, in die tijd nog kinderlijker dan nu, kwam voor haar koken, een papje, dat ze haar met een lepel voerde. Ze had een beroerte gehad. Algauw praatte ze helemaal niet meer. Eerst had ze trouwens ook zelden meer dan 'Dank je wel' gezegd.

Haar man at in een restaurant. En 's ochtends zat hij in dat café. Wat had zijn vrouw hem misdaan? Zij was niet met hem getrouwd, maar hij met haar. Bovendien had hij een aardig kapitaaltje gekregen in de vorm van de lucratieve huurkazerne. En ondertussen leefde hij alsof hij alleen was. Waarom had hij haar op die manier langzaam de dood in gedreven? Hij heette Michael

Münster. Was hij soms het stenen huis van de duivel? Waarom leefde hij nog, waarom bleef hij ongestraft?

Er was geen woord van medeleven met de zieke over zijn lippen gekomen. Vreemden, een van hen nog een half kind, hadden haar verzorgd en verpleegd, alsof ze de inspanningen van een volwassene niet waard was. Het was ook dat kind dat de sterfkaars in haar handen had gestopt. Wel had hij haar ten slotte de ogen toegedrukt.

Met die schuld beladen zat hij nu in het café, liep hij langs etalages, keek hij naar landschappen en luisterde hij naar parademarsen en walsen. Waar was de liefde van God gebleven toen die man werd geschapen? Toch zijn er genoeg die nog een stuk gemener en wreder zijn dan hij. En er zijn er veel, heel veel zoals hij, in alle mogelijke varianten. Wie weet, misschien hebben we zelf andere mensen ook weleens zo behandeld.

Want of zoiets even heeft geduurd of een eeuwigheid, is een vraag die de laatste gerechtigheid niet stelt. Of bedachten die mensen zelf hun straf en voerden ze die ook uit? Traden ze al als hun eigen rechter op, terwijl anderen nog dachten dat ze ongenaakbaar waren? Of waren ze werkelijk ongenaakbaar? Het kinderlijke meisje komt immers nog steeds bij de oude man, ruimt op en maakt de kamers schoon, op een onpersoonlijke manier, met haar geest op haar eigen, nog niet ontsloten toekomst gericht. Ze stookt de kamer voor hem warm en brengt als een kind een appel voor zichzelf mee, alsof het een bal is, en poetst die appel met haar schort op tot hij glanst en bloost. In de lente zet ze zelfs een keer vers geplukte anemonen voor hem op tafel. Maar alleen omdat ze er zoveel heeft gevonden en er vazen zijn waar ze die bloemen in kan zetten, en kamers, opgeruimde kamers waar ze kunnen staan.

Want die kamers zijn allang terug van hun reis naar het land van de dood. De gedachte aan dat land komt maar één keer bij het meisje op, en vanwege het voorgevoel dat haar bekruipt, trekt ze een angstig gezicht. Maar eigenlijk is het ook dan alleen het veelzeggende bestaan zelf dat haar een moment lang de ogen opent. Want verder lijkt het leven slechts onverschillig zijn seizoenen bij het grote grijze huis af te leveren, of ze nu gloeiend heet zijn of alweer kouder worden. De klok onder de glazen stolp loopt onhoorbaar; de oude man schijnt een punt te hebben bereikt waarop hij zelfs geen zin meer heeft om door de straten te lopen of in het cafeetje de kranten door te bladeren. Kortom, hij schijnt op het toppunt van zijn eenzaamheid te zijn aangekomen. Het is dan herfst. De oude man heeft kougevat en kijkt vanuit zijn leunstoel uit op zijn enige straat. Daar komt ze aan. De vrouw van het café, zij, ze komt er zelf aan en ze is groter dan de kamer. Zijn noodlot, dat hij eerst alleen maar ziet, zonder te weten of het voorbijgaat, met achterlating van een gevoel van angst dat nooit meer zal verdwijnen, of dat het hem met zijn concrete handen, zijn meer dan levensgrote gebaren zal vastpakken, alsof het zo hoort, alsof het met iedereen op de wereld zo gaat, of misschien toch alleen met hem. Terwijl hij zijn leven nog wel zelf had uitgestippeld en niets aan het toeval had overgelaten. Hij was een god van zijn eigen lot geweest. En nu werd hij bijna nog bang voor zichzelf. Hij voelde zijn eigen, knokige gestel al, als iemand die plotseling de dood ontwaart. Maar nog altijd is er ook het leven, dat zo onschuldig lijkt. Het maakt zich in de onopvallendste vormen van hem meester, want waarom zou hij bang zijn als de caféhoudster op bezoek komt, die mollige, op haar manier zorgzame, maar zeker ook machtige vrouw, die komt vragen hoe het met hem gaat? Want hij is domweg al veel te lang niet meer bij haar in het café geweest, die oude man daar.

Aardbeien

En telkens komt hetzelfde terug, alsof er maar één leven is, dat zich van de overgrootmoeder voortzet in de grootmoeder en de moeder, van de grootvader in de vader en de kinderen.

O, wat zouden we ons vanbinnen licht voelen als dat eens was afgelopen, als we zelf konden beginnen...

Wanneer de aardbeien en goudbessen rijp worden en hun veelkleurige geur in de lucht verspreiden, wanneer we ons kind voelen en openstaan voor de ochtend van een moeder, ja, van de vele werkende mensen in de wereld om ons heen, en voor de stad met zijn groen geworden tuinen, die als zacht glanzende golven rond de muren deinen, wanneer we voelen dat ook alles wat zwijgt op een goede dag eigenaar en drager van het leven is, worden we optimistischer, troostrijker, en niet voor niets. We zijn zelf immers jong en horen bij de schoonheid van een junidag, we zijn ermee verweven als merelgezang. Maar omdat ons dit vergund is zonder deel te hebben aan de lasten van het bestaan, en omdat we ook weer niet bereid zijn om als een vogel uit de lucht te vallen, omdat we hoe dan ook een verblijf nodig hebben en de aardbodem niet alleen als een reliëf willen zien, lopen we door die schoonheid ook gevaar. Plotseling zijn we voor de mensen om ons heen geen mens meer en is de loop van ons lot als bij een dode verdwenen... We leven buiten onszelf, en op een dag worden we gevonden als een plant die langzaam wegrot in de aarde.

Dan kunnen we nog net op tijd worden geholpen door de helderheid die veel mensen liefde noemen, dat altijdgroene landschap in ons hart.

De aardbeien rijpten onder hun donkere behaarde bladeren; het deed denken aan een oud schilderij in ons huis, waarop je vanuit het paleis en de paleistuin uitzicht had op de badvijver van de kuise Susanna...

Er waren handen die begerig werden, net als de twee oude mannen. Ze liepen het gevaar zich ten overstaan van de hele wereld te schande te zetten; toch deden ze het...

Maar als de onteerde een tuin is, dan is alleen de diepblauwe junihemel de rechter, dan bestaat de wereld uit niet meer dan de blijkbaar zwijgzame straat, de tuinen met hun grijze muurtjes en hun zilvergroen struikgewas, en de arabesken van schaduwen op de grijze huisgezichten.

Rond het huis lag een smalle tuin; het leek een typische gewonemensentuin, uitsluitend aangelegd om ernaar te kijken. Maar niet alleen als je buiten langsliep, ook binnen zag je uit witte bloesems peren rijpen, zonder precies te weten voor wie.

In de eerste plaats was er de man die het huis en de tuin bezat, maar er niet woonde, want hij woonde boven op de berg en niemand had hem ooit zijn fruit zien plukken. En als hij overdag aan het werk was – want het huis waar wij woonden, was voor hem gewoon zijn fabriek – en uit het raam naar beneden keek, zag hij daar de kinderen van zijn huurders ronddartelen en hij zag de vlinders en de schaduwen van de vlinders en een vogel, die tjilpend op een kleine rups dook. De peren en de aalbessen waren nog niet rijp. En tussen de lichte dagen zat altijd een nacht, en niemand wist of het de vogels of onbewaakte kinderogen waren die de gele en rode kleuren en vormen voortijdig tussen het groene gebladerte ontdekten en in de tuin niets anders zagen dan een verzameling bessen. Of kwam er 's nachts een dief, gewoon een dief die ook zo genoemd wilde worden, want wat zou er van hem terecht zijn gekomen als iemand hem had herkend en zijn echte naam had geroepen? Nee, dat slag ving je liever niet. Het was veel prettiger om overdag de kleine vogels wat zout op de staart te leggen.

Dat waren de gedachten van de directeur en eigenaar van de fabriek toen hij vlak voor de oogsttijd uit het raam naar het tuintje keek, en ze waren zo mild dat hij er zelf behagen in schepte.

Het is natuurlijk wel gemakkelijk, zo'n opwelling van goedheid. Zo'n opwelling houdt je niet aan je woord. Je kunt na je werk naar huis gaan, gezellig aan tafel gaan zitten en ingenomen zijn met jezelf omdat je een rechtvaardig mens bent. Het lijkt zelfs alsof je door zo'n niet-gepleegde goede daad, die als een struisvogelei in de zon ligt, blaakt van optimisme. Je lacht stilletjes. De hele wereld wordt van goud als je hem aanraakt.

Maar buiten waart die geur rond. Hij zweeft door de kamers, over de lege schalen die op de dressoirs zijn gezet, hij verstopt zich in een bos bloemen. Of misschien vindt hij weer een trosje aardbeien in een glazen pot, hij concentreert zich daar en wordt een groot, onzichtbaar, aromatisch boeket.

O, waren er maar engelen die alleen van fruit leefden; met voor hun borst gekruiste armen zouden ze de rijpe vruchten zo van de steel eten, zoals ze op hen hingen te wachten, engelen van wie de wierook de geur van bloemen en fruit zou zijn.

Maar zo is het nergens, die kus zal bewaard blijven in het domein van het onvervulde.

In de kamers die op het noorden lagen, klom de dag maar langzaam naar zijn top. De dichte schaduw van het gebladerte viel nog in de woonkamer, botsend en zwaar. Het lichtst waren nog de echte geluiden, de pootjes van de kanarie die op en neer hupte, van zijn stokje omlaag op het zand en weer terug op zijn stokje. En de klok, altijd en eeuwig de klok, maar wel een klok waarvan de genummerde uren alleen 's ochtends en rond de middag van belang waren, wel een klok die klopte als de pols van een fris gewassen hand die even in een schoot lag. Zo doen moeders. Als zo'n vertrek door een moeder is gelucht en opgefrist, is het alsof daar een kind in de wieg ligt. Alles zoemt op dat vroege uur.

De gordijnen hangen roerloos in hun blauwachtige plooien. De narcis spiegelt zich in de ruit. De liefdevolle blik waarmee de moeder het vertrek nog even teruggroet voordat ze het zorgzaam verlaat, blijft binnen hangen.

En de kreten die vanaf de straat binnendringen, zijn niet voor het vertrek bestemd, net zomin als de zware wagen, die langzaam rollend de straat beschrijft. Het is een schrift dat op zichzelf staat. Als de borden volgeschreven zijn, worden ze opgehouden, zodat het vertrek ze kan zien. Maar het ziet ze niet. De dag heeft daarbinnen zijn eigen munt.

Toen kwamen er trommelaars en fluiters langs, ik weet het niet goed meer, alle ramen stonden plotseling open en iemand die alweer over de trappen en gangen liep, riep nog nagenietend: 'O, aardbeien!'

Ja, die geur, en dan de stilte, het was kostelijk...

Wij kinderen kwamen thuis. We waren klein en nog onbekend in de straat. Alleen de naaste buren wisten wat voor kleren we droegen, wat we elke dag aten, hoe onze moeder was... Degenen die verderop woonden, kenden alleen nog onze naam en probeerden hem op ieder van ons uit, zoals je jonge dieren bij je roept, die weer doorlopen zodra ze merken dat je niet hun baasje bent.

Zo waren we ook die dag langzaam op huis aan gegaan, meer wetend dan grote mensen en toch in vaagheid gehuld. We hadden de tuin bij wijze van spreken meegebracht. Er was plaats genoeg in die grote, ruime kamer. Hij was ook lang genoeg alleen geweest. De gedachte aan de door de zon beschenen aardbeien liet ons niet los. Het was alsof iemand ze voor onze ogen hield. We zagen ze niet zoals gewoonlijk overal verspreid, maar zoals ongetwijfeld alleen de vogels ze met hun ronde bessenogen zien.

We dachten niet alleen aan de afgesloten tuin met de rozenboompjes, de bessenkransen en de geur van kastanjebloesem, maar ook aan de straat. We speelden er met onze handen terwijl ze op tafel lagen te wachten, zoals kinderhanden voor het middageten doen. We zeiden niets. Het goud van de middagzon maakte ons zwijgzaam. Toen kwam onze moeder. De narcissen verzetten zich tegen de plotselinge tocht, de gordijnen in hun witte huiskledij bolden op. Nu mochten we praten en eten. Misschien was het niets anders dan honger en vermoeidheid geweest... O jawel, we hadden honger en we waren moe, maar toch hadden we geen zin om te praten en te eten. Het was een echt spookuur tussen de middag. Zelfs het gezicht van onze moeder leek er niet te zijn. Het bevond zich nog boven het fornuis.

Een aardig woord, het mocht best alledaags zijn – de noodzaak om bij elkaar in de smaak te vallen lag nog in een ver verschiet, we hielden gewoon van elkaar –, maar zelfs zo'n dagelijks woord was niet te vinden.

Het is vreemd gesteld met het menselijk denken. Als ik dit verhaal aan iemand vertelde, zou hij op dit ogenblik nog niet goed kunnen zeggen waar het over gaat, want er is nog niets gedacht, niets gebeurd. Alleen gevoeld: aan het eind van de straat, waar de huizen ophielden, lag het door vele duizenden zonnepijlen doortrilde aardbeientuintje. En zijn rijpe bloed leek in uren ge-meten. En zijn bladeren waren het beschutting bieden beu. De geur stroomde. We wisten dat we nu eens de kastanjebloesem zouden ruiken, waar de bijen omheen zoemden, dan weer een rond bed narcissen en dan het zachte aroma van de viooltjes. Maar toen de aardbeien weer stroomden, vonden we de maaltijd saai en lastig en helemaal niet uitnodigend; we wilden opstaan en weglopen.

Op doordeweekse dagen kregen we nooit een toetje. De maal-tijd was daarom in al zijn huiselijkheid niet opgewassen tegen de junidag. We voelden ons gevangen in een kleine kooi van lente en zomer.

En onze moeder, jong en toch volwassen, had haar hart ook

stevig afgeschermd voor al die afgesloten tuinen. Van haar hoefden we geen voorspraak te verwachten, dat stond op haar gezicht te lezen. Vooral van de smalle tuin die rond ons witte huis lag, dacht ze dat hij haar wijsheid te boven ging, en ze gaf ons dan ook de raad in de straten en plantsoenen verderop te gaan spelen. Zo'n tuindeurtje kon immers plotseling meegeven. Wie kende de magie van zijn zomerse lust...

U denkt nu misschien dat wij drieën ons nooit iets hadden leren ontzeggen. Maar als dat werkelijk zo was, zouden we er dan zoveel plezier in hebben gehad om naar dingen te kijken? Van onze tochtjes naar de markt kwamen we altijd verzadigd terug, terwijl we vaak nog geen mandje of zelfs geen handje vroege kersen hadden gekocht. De schatkist van ons gemoed stond wijd open. En het spiegeltje dat erin zat, hoefde de aarde maar te weerspiegelen of het liet ons de met fruit en groenten volgeladen kraam zien. We voelden hoe die wereld veranderde en in ons overging, op de manier waarop juwelen en oude muziek dat doen.

Maar de aardbeientuin wilde niet veranderen. Het was de tuin der tuinen; als niemands zweet en moeite, niemands eigendom en toch afgesloten, leek hij er alleen voor zichzelf te zijn. Het was in wezen maar een klein voortuintje, dat neerkeek op een rond plein en een brede straat, maar het kwam vol kracht uit de aarde en had onze harten al veroverd. Vanaf dat moment werkten er ineens allerlei dingen bij ons niet meer.

Maar wat betekent dat niet voor een kind, zonder wereld te zijn...

Eerst speelden we nog in het zand in het park, zoals onze moeder ons had opgedragen. Ons houten karretje was volgeladen met stenen. Er lagen daar overal stenen. In allerlei vormen en kleuren, veelsoortiger dan onze gedachten. Er leek daar voor elk idee, voor elke greep een steen te liggen. Maar ze waren wel hard, het waren door en door stenen. Daarom gingen we daar uiteindelijk weg. Die menselijke taal vol zelfverloochening en volstrekte eenzaamheid vonden wij kinderen vreemd en bijna griezelig.

We kwamen overeind en liepen door de straat met onze handen eendrachtig aan de stuurstang. We liepen stevig door. Niemand leek ons te zien. We liepen om de put onder de linden heen, we liepen om alle bomen heen. Uiteindelijk zongen we een meiliedje, maar zachtjes, alsof niemand het in de verblindende zon mocht horen. We waren alleen, beschut door onze geringe lengte, alsof we onzichtbaar waren. We stonden zwijgend voor de ijzeren spijlen van het voortuintje, de tijd verstreek. We zagen niets. De bladeren waren ruw en getand, tot ons oog op een aardbei viel, schijnbaar totaal onverwachts. Maar toen lag er ook al een hand op de klink van het tuinpoortje. Het karretje volgde. En we zaten aan de rand van de planten en keken onder de bladeren en staken onze handen eronder. De vruchten waren zoet, op het hoogtepunt van hun zoetheid. Ze vielen vanzelf in onze handen als we de bosjes aanraakten. Wat waren het er veel... We keken omlaag naar onze handen. We hielden vier van onze handen bij elkaar, vier kleine handen, waarvan de lijnen, zoals de lijnen van ons gezicht, zich nog maar net ontwikkelden.

Daarna keken we naar het karretje. We vonden dat grind bij grind hoorde en kieperden het leeg.

En toen bedekten we de lege bodem van het karretje vol gretige ijver met de bladeren. Er kwam een aardbei in en nog een en algauw was het rood op rood. En toen we als konijntjes op onze hurken bleven zitten en te moe waren om nog iets te doen, was het in de wereld daar buiten al laat in de middag. De straat werd verlicht door de avondzon. Iedere deur was een mond, ieder raam een gezicht, en de tuinen leken opeens allemaal open te staan. Plotseling werden we bang. We waren nog steeds alleen. We stonden op en het karretje volgde, wat moest het anders... We letten goed op dat het niet omviel. Ik weet nog dat er iemand door een dicht raam verbaasd en nieuwsgierig naar ons keek. Maar het was

onmogelijk dat de aardbeien niet van ons waren, als we ze zo openlijk in een karretje mee naar huis namen. Dat stond op het gezicht
van die persoon te lezen. En wij waren als dieven in de nacht, aan
ons viel niets te zien. Als iemand ons plotseling had gevraagd: 'Wie
zijn jullie en wat hebben jullie gedaan?' zouden we niet meteen
zijn opgeschrikt uit ons droombestendige wakker-zijn. We waren
onszelf vergeten, we waren niet echt. Ons weten was een niet-we-
ten. Zo liepen we naar huis.

We waren blij dat er niemand in de kamers was en we de lege
schalen op de dressoirs konden vullen. De avondzon scheen. De
vogel zette in het water zijn veren op. De klok begon te slaan. Het
ging voorbij. We telden niet. We stonden ook al buiten. Of we
bij de dienstbode stonden die een pasgestreken schort droeg en
vervaarlijk met het strijkijzer zwaaide, of we langs de trapleuning
omlaaggleden of meededen met een van de opgewonden avond-
spelletjes die de kinderen buiten op straat speelden, ik weet het
niet meer. Maar uiteindelijk vergaten we alles en werden we weer
net als de anderen.

En we kwamen weer zo vredig en verkwikt thuis dat het een
genot moet zijn geweest om naar ons te kijken.

Niets herinnerde aan wat er was gebeurd. Alles was weer zoals
altijd en iedereen zat weer op zijn plaats.

Maar o verbazing, stille verbazing: er werd geen soep of groen-
te en ook geen stuk brood opgediend, er kwamen alleen drie
borden vol aardbeien op tafel. We kenden ze, we kenden ze heel
goed. En ieder van ons at naarstig en met gebogen hoofd. We
keken niet naar elkaars handen en ook niet naar elkaars gezicht.
Ook onze moeder zei geen woord en at samen met ons haar
portie op. Geen verwijt, geen vinnig: 'Hebben jullie nu genoeg
gehad?', ook al hadden we dat ten volle verdiend, geen 'maar'
en 'als'...

Het vertrek rook nu alsof er zich werkelijk een tuin in bevond...
Onze handen waren rood, want er lagen ook geen lepels op tafel

en niemand voelde zich genoeg op zijn gemak om ze brutaalweg te gaan halen.

Maar er wachtte ook geen veroordeling meer ergens in het geniep. Alles leek vereffend met de maaltijd. De nacht kwam en was als een groot, zacht veld vol viooltjes. We gingen er slapen, moe en zonder nog ergens aan te denken.

En moeder was moeder en de kinderen bleven kinderen, met mildheid bejegend.

De luchtballon

Het was helder weer op de dag dat de ballon de lucht in zou gaan. Het zag er helemaal niet gek uit als je je armen naar hem uitstrekte, alsof je hem wilde aanraken; soms lijkt de hele wereld op porselein geschilderd, tot aan de gevaarlijke scheuren toe.

Het groen was aan alle bomen en struiken al goed zichtbaar, maar alleen aan de buitenste takken en twijgen, alsof er een groene hand overheen had gestreken. En Pasen was niet ver meer, zulke gedachten konden al bij je opkomen.

De zon moest schijnen en het moest windstil zijn, anders kon de ballon niet opstijgen. Ik weet niet of de deftige mensen met hun kinderen en hun huispersoneel er zoveel waarde aan hechtten. Maar voor onze moeder betekende het veel; ze vond dat je mee zou moeten kunnen. Stel je voor, samen met de gevangen lucht hoger klimmen dan de bergen waar de gentiaan bloeit, boven het edelweiss uit. Lieve hemel! Gevaarlijk was het wel. Het was misschien zelfs zondig, zei ze peinzend. En ineens leek het donker op aarde. Gevaarlijk was het wel... Misschien bleef de ballon boven zee staan, voor eeuwig en altijd, tot je stierf van verdriet en als een doekje omlaag dwarrelde, alleen, terwijl de ballon nog steeds aan de hemel stond... Kinderen geloven stellig dat je over de dood heen kunt kijken. Ze hebben een ruimte in zich die niet als op papier is opgespannen. Als we de liefde konden vasthouden die we toen zo levendig in ons voelden, waren we allang je reinste tovenaars. We zouden het leren: nooit sterven. Er zou nog steeds geluid komen van de overkant van de vijver des doods, en wie naar de oever liep en over het water keek, zou louter waterlelies zien bloeien. Zo dachten we aan de ballon. We dachten eraan met onze zondagse kleren, met onze armen en ons gezicht.

We werden eraan herinnerd door de stemmen en door de hele zondagse sfeer. De mensen stroomden naar de kerk. Een jongetje, even klein als wij, stond voor het huisje van de waagmeester te trommelen en schreeuwde en stampte zó dat zijn knieën tegen het trommelvel stootten. Het was zwaar werk. Dat jongetje ging niet naar het sportveld om de luchtballon te zien. Hij had immers zelf een reusachtige trommel. Hij trommelde voor zijn straat, voor zijn vader, ja, voor iedereen die niet ver van hem vandaan in de zon schitterde. Zijn vader zat voor het raam. Hij zag ons en wij zagen hem, en hij zag zijn kind en wij zagen de jongen. Wij hoorden hem ook. Maar de waagmeester leefde achter dove ramen. De wereld is een grote spiegel, plotseling zien we onszelf in het gezicht van de ander, zonder het te kunnen voorkomen. 'Die man,' zei onze moeder, 'zit altijd binnen in zijn huisje.' Als we ineens in een houten paal waren veranderd, de paal voor de grote waag waaraan de paarden werden vastgebonden, zouden we niet erger geschrokken zijn. 'Altijd' – dat woord heeft al van zoveel mensen globetrotters gemaakt. We voelden het aan de schrik die het ons aanjoeg. Ach, er zijn duizenderlei maatstaven om iemands lot te meten. Allemaal even rechtvaardig. Daar is wel voor gezorgd. Wij willen zelf altijd weten waar iedere stap vandaan komt, waar hij naartoe gaat. En ook de vrolijkste kattensprong laat zijn spoor achter.

Toen onderbrak een vogel met zijn geroep onze gedachten en verstrooide hij ze weer. We liepen door. Onze kleren begonnen bijna te schroeien van de middaghitte. Het was er nog te vroeg voor. Maar de middaguren, die vele zonnige uren, leken allemaal in één uur samengebald, en een jongen zou in de winter in hemdsmouwen door zijn tuin kunnen lopen. Zo is het. Het is een kwestie van durven; als een brandspiegel houden we onze zintuigen boven ons. En bijna Pasen... We hadden het gevoel dat we al meer bloemen

hadden gezien dan alle jaren daarvoor. Leverbloempjes, madelief-
jes, sneeuwklokjes en viooltjes, allemaal kortstengelige plantjes.
Bloempjes die nooit zo hoog worden als de rest van de wei, waar
ze nu de eerste waren en op zichzelf stonden. We moesten weer aan
de luchtballon denken en haastten ons. We kwamen in de buurt
van het veld waar hij zou worden opgelaten. Maar er waren steeds
minder mensen onderweg en we kwamen niemand tegen, alsof
we ergens heen gingen waar geen sterveling was. We keken een
beetje sip. Het was geen fijn gevoel. We dachten dat we nooit een
uitspanning zouden zien die uit de verte met vlaggetjes naar ons
zwaaide, boven aan de berg, en die was volgestouwd met een bonte
mengeling van mensen die we nog niet konden onderscheiden.

'We zijn er,' zei iemand met een zucht van verlichting. Er waren
er steeds meer die het zeiden. We wisten niet dat er uitspanningen
waren die leegstonden en hun gehesen vlag alle dagen lieten hangen, ook als het regende, ook in het donker, tot laat in de herfst,
tot hij bij de eerste sneeuwvlokken wit wegtrok en verstijfd werd
ingehaald. Maar we vreesden al zoiets, zonder het nog te hebben
ondervonden. Ook de gezichten die daar zouden moeten deinen,
die zondagse bloem, waren vanuit de verte niet te zien. Wel viel
onze blik onverhoeds tussen twee huizen door op het sportveld,
dat zich naar alle kanten uitstrekte. En op dat veld stond, met
touwen aan de aarde vastgebonden, klein onder de onbereikbare
hemel, de luchtballon. En rond de ballon stond een horde van die
kinderen die de hele zomer op het sportveld lijken te wonen en
van het kijken leven. Vrouwen, die er spijt van hadden dat ze dat
hele eind waren komen lopen, stonden met hun kerkboek in hun
ongeduldige handen achter die kinderen te wachten. En achter
hen een man die rechtsomkeert maakte, alsof hij dat allemaal veel
beter zou kunnen. Behalve die man stond er nog een vader, een
werkman, dat zag je zo, hij deed aan anjers denken die voor een
laag raam in de zon staan en weigeren te bloeien. Hij keek. Misschien zou hij op een dag ook een ballon voor zijn kinderen kopen,

maar dan wel een kleine, een rode. Deze hier leek gemaakt van stof die glansde als zijde. Bij blauw hoort grijs, leek hij te willen zeggen. De ene kleur ontfermde zich over de andere. Maar het blauw van de lucht trilde als vuur wanneer je er lang naar staarde. Je zou er de luchtballon bijna door vergeten, misschien was hij al weggevlogen, heel ver weg, tot vlak bij de gentiaan, die als een hemel onder hem lag, en beroerde hij met zijn bries het edelweiss en de torenspitsen in de hooggelegen steden.

Mijn moeder vroeg me haar paraplu vast te houden. Ze wilde geld tevoorschijn halen, vijftig rappen, zag ik. Dat was heel veel. Bedelaars kregen drie rappen voor brood, kunstrijders kregen tien rappen. Een kleine, gezette vrouw met grijs haar zamelde geld in. Ze keek triest, dat was logisch, want wie kent dat gevoel niet als er zo weinig mensen naar zo'n show komen kijken; helemaal geen mensen, zou je kunnen zeggen, want de weinigen die er waren, wendden hun hoofd af toen ze het centenbakje zagen, zodat het weinige zo weinig werd dat je het niet eens meer kon delen. Ze droeg natuurlijk geen turnpakje en maakte geen buitelingen. Ook de kinderen, haar kleinkinderen, stonden gewoon te staan, aan de andere kant van de door de ontberingen zo mooi behoedzaam getrokken streep. Ze keken over de wijde vlakte uit, niet naar de lucht zoals wij, die leek voor hen bedorven. Dat was dus de uitspanning met de vlag... Zij zagen er ook al zo verstijfd uit, als mensen die lang hadden moeten wachten en kijken. Alsof we als in een serieus kinderspel op hen waren afgelopen en op de man af hadden gevraagd: 'Zijn jullie de uitspanning?' en zij zo driftig hun hoofd hadden geschud dat iedereen kon weten dat het antwoord 'nee' was. Ze waren simpelweg hun eigen armoede, zoals een tuintje op het noorden: het rood werd roze, het blauw lichtblauw, het goud eindigde als geel. We hadden hun tien frank moeten geven, tien frank, zonder marchanderen. Dit waren mensen die van de ene dag in de andere leefden en zich doorstaan leed herinnerden als geluksdagen, die hun een lang leven beloofden.

Het was gewoon om van te huiveren. Het deed er niet toe of je het had gezien of had meegemaakt. De aanblik van die kinderen, klein en onervaren, oud geworden in armoede, was bijna te erg om waar te zijn. 'Er bestaat geen verschil tussen oud en jong,' werd er ergens geroepen, 'krenterigheid kent geen leeftijd, niemand kan zeggen: ik heb geen geld.' Het was alsof een sterke man met een goudkleurige borst die glansde, zijn zware halters omhoog stootte, een boosaardig kunstje om te laten zien dat we ons niet bekocht hoefden te voelen als we een aalmoes gaven. We keken naar de grond, vol schaamte over onze onbeduidendheid, die sterker was dan wat ook, anders had die man het wel van ons gewonnen. Maar voorlopig hadden we, elk sprookje en elke waarheid ten spijt, nog grond onder onze voeten. Dat grote mededogen, wanneer komt dat in ons? We hebben het niet als kind, we hebben het niet in de kracht van onze jeugd en misschien hebben we het ook niet als we oud zijn. Geven is iets van een grote eenvoud, wat je misschien ook nog aantreft in geduld, of misschien maakt het deel uit van de armoede zelf, zolang die ons nog niet heeft gegrepen en veranderd. Het is een messcherpe wetenschap, die armoede, laten we het er maar niet meer over hebben. Ik geloof niet dat de grootmoeder die vijftig rappen weinig vond, hoewel je niets kon afleiden uit de matte, grauwe blik in haar ogen. Soms moest iemand nu eenmaal in zijn eentje de vele mensen vervangen die niet waren gekomen en niet hadden betaald. Ze hadden het wel kunnen weten. Er had een petieterige advertentie in de krant gestaan, in de trant van: 'Bij mooi weer stijgt er zondag, hangend aan zijn luchtballon, een acrobaat op. Iedereen is van harte uitgenodigd!' Datum, plaats en tijd.

Nu begon de bol langzaam te bewegen. We zagen zijn kinderen de touwen losmaken. En de man zelf, vergelijkbaar met een leeg plein waar een paar wegen in allerijl samenkomen, trok de leren gordel goed waarmee hij zich later, misschien als hij moe was, je wist het niet, hoog in de lucht aan zijn trapeze vast zou binden. Hij voelde nog eens of hij vastzat, die gordel, wierp een kushandje met een gebaar in de vorm van een halvemaan aan de middaghemel, hees zich met een zwaai op de trapeze, die zich al ter hoogte van zijn hoofd bevond, en steeg hoger en hoger. Zijn gewaagde zwaaibewegingen waren een feest voor het oog. Op een gegeven moment zagen we hem aan de buitenkant van zijn trapeze met zijn benen in de lucht gestrekt, terwijl hij zich alleen met zijn linkerhand vasthield. We keken. Onze handen omklemden (voor ons gevoel) iets wat er niet was. We wilden hem graag helpen, want daar boven in de lucht... Die acrobaat onder zijn luchtballon... Hoever zou hij op dit moment wel niet zijn... Hoelang zou een uur voor hem wel niet duren... Het was een zachte, liefdevolle dag. Maar wij kropen als hagedissen, knipperend met onze ogen, weer vlug onder onze stenen.

Kerstvisite

Boven de aardbeientuin, op de eerste verdieping, werkte een ambtenaar die vroeger letterzetter was geweest. Onze moeder vertelde het ons in alle ernst. 'Hij had zoveel ontzag voor zijn werk dat je het wel moest bewonderen, ook al werkte hij met dezelfde letters en zette hij ze op dezelfde plaats als andere zetters. In de kerstvakantie gaan we bij hem op bezoek.' Wij vonden dat belangrijk en pakten een poosje later plechtig het briefje dat ons daar zou aandienen. We vonden het niet alleen belangrijk omdat het een visite was. Nee, juist als kind, als heel gewone kinderen, begrepen we diep in ons hart de betekenis van dit kijkje in een ander leven en de oprechte, zuivere gedachten die erachter schuilgingen.

Alleen al dat de man aan een andere kant van de heuvel woonde, dat hij adem durfde te halen tussen wat pas was ontstaan en wat zich nog ontwikkelde, verbaasde ons, zodat we rechter gingen lopen en aandachtiger keken toen we zijn huis binnengingen.

Hij heette ons zelf welkom. Hij kwam vlug en vastberaden op ons af, precies zoals we verwacht hadden. Zijn vrouw kwam bij hem staan. De kinderen stonden nog in de deuropeningen in de ruime gang te wachten tot ze geroepen werden. 'Dit is ons huis,' zeiden ze heel bevallig, 'en dit is Gretchen.' Onze jassen werden aangenomen. Daarna liepen we in een kleine processie naar de kamer met de kerstboom. Wat een kamer! Als we alleen waren geweest, hadden we weer een stap terug gedaan. In de kamer zong een vogel, zo verscholen en sprankelend alsof hij buiten tussen de takken zat. En hoewel er met ons iets vreemds, iets beschouwends in het vertrek was gekomen, ijlden de minuten rijp en helder voort en bevochtigden ze wat niet vergeten mocht worden en anders verdord zou zijn. De viering begon aan het kleine naaitafeltje, waar ze altijd begon, heel bescheiden en onopvallend, alsof ze een persoon was. Omdat het zondag was en er niet gewerkt hoefde te worden, bundelde ze daar vele honderden ringen zonlicht en haalde ze weer uit elkaar. Daarna kwam de tafel aan de beurt, die ons het hof maakte met zijn geuren. De peperkoek, de stervormige kaneelkoekjes en de vele soorten roomboterkoekjes waren allemaal bereid met elkaar te ruilen of zich zelfs te laten weggeven als de gelegenheid zich voordeed. Ondertussen werden ze steeds zoeter en krokanter, wat alleen door de kerstboom kon komen, dachten ze. Die had namelijk ook zijn ronde, hem door de zon toebedeelde vorm behouden, zodat het op-en-top een boom uit het bos en toch ook op-en-top een kerstboom was. Maar ik herinner me niet waarmee hij was versierd. Alleen dat ik hem mooi vond. Ik ben ook vergeten wat voor geschenken er op het wit met blauw geborduurde kleed lagen. Waarschijnlijk waren ze met de grootste zorg gekozen, de zorg van de driehonderdvijfenzestig dagen van het jaar. Toen we genoeg hadden gekeken en geproefd, begon er een kerstliedje, als een in mos neergezet kribbetje. De twee kinderen volgden de stem van hun ouders en zongen met zoveel blijdschap over de hemelse boodschap dat je wel moest glimlachen terwijl je luisterde. Ze waren ook een geschenk, de door de kinderen met elkaar verstrengelde melodieën, en we lazen ze van hun lippen als een ten hemel opstijgende verkondiging.

Daarna werden we meegevraagd naar de woonkamer; daar trok een poppenwieg mijn aandacht. Maar de jongen had een atlas opengeslagen, waarin je de hele wereld kon zien en ook zag hoe het land plotseling zijn tong in de zee stak. De jongen liet er zijn blije blik over dwalen. Begrip is liefde. Op zichzelf is het niets, terwijl het volop aanwezig kan zijn in een persoon; het ontwikkelt zich organisch. En waardoor het ook begint of ophoudt, het wordt volledig door ons lichaam en onze geest opgenomen, zodat er geen scherpe uitsteeksels zijn waaraan iemand zich kan stoten. Daarom was de atlas ook echt een geschenk. Maar hij werd dichtgeslagen en opgeborgen. De kopjes kwamen tevoorschijn, de hoge koffiekan en de kristallen suikerpot, en nogmaals, op een andere manier, Kerstmis. De *niedl*, zoals ze de slagroom noemden, was niet alleen verleidelijk, maar gaf de viering ook een plechtig tintje. Wie zou die goede gaven niet graag één keer per jaar te gast vragen, op gebloemd damast! En zo fijngevoelig, met zo'n beschaafde distantie dat er een buiginkje leek te worden gemaakt voor het zilveren lepeltje, voordat het ten behoeve van het genot werd opgetild. Ook uit het gesprek bleek dat ze overtuigd waren van de goedheid en degelijkheid van alles wat gemaakt moest worden en respect hadden voor de mensen die dat deden. Het was hetzelfde ontzag als dat van de letterzetter aan de bok. Dat kon een kind begrijpen. Het was zo helder als water, vloeiend en zonder vreemde bijsmaak, maar ook zo hard en vasthoudend als water dat nog hardere stenen polijst. Wel kregen we als kind zelden de kans om een vraag te stellen, maar onze oren volgden het gesprek aandachtig.

Ten slotte stonden we op om naar de bloeiende barbaratak voor het raam te kijken. Het was typisch iets voor de winter om de roze knopjes met de spitse blaadjes eromheen te laten uitbotten. En de hyacinten, die hun witte wortels als vlammen het water in schoten. Vanwege hun sterke geur waren ze wat verder weg gezet. Maar zelf vonden ze het nog niet ver genoeg. Hun hele hyacintengeur drong door de spleten in de muren en de kieren bij de ramen naar buiten. We stonden beteuterd te kijken. Alleen de bloem bleef over. Maar ook buiten was het een avond voor bloemen en langzamerhand leek de kamer zelf de verte in te worden getrokken. Nog maar even geleden, toen we niedl en taart aten, was die kamer het middelpunt geweest... We keken vol verwondering om. Er lagen geen couverts meer. Op de tafel stond een eenvoudige, kleine jardinière. Zachtjes ging er een deur open en de zangerige stem van het jongetje zei uitnodigend: 'Vader, de toverlantaarn staat klaar.' O, iets voor kinderen, kinderen hadden hier alles wat ze wensten. We holden erheen en gingen dankbaar klaarzitten in de ruime hal. Dat hadden we niet van die ruimte verwacht toen we binnenkwamen. 'Kinderen, jullie moeten nog wat meer naar achteren,' zei de man en hij tilde zijn Gretchen met stoel en al naar de nog donkerder achtergrond. Toen begon het geluid van de langzaam verschuivende glasplaatjes. En we zaten er middenin, in die wereld van plaatjes en kleuren. Onze eigen bewegingen veranderden schoksgewijs in een dapper naar voren leunen of een bevreesd achteruitdeinzen. Het rood was alsof je met je ogen dicht aan de hand van je moeder in de hete zon liep. Ook de verste, extreemste kou was rood, dan werd de maan de zon. De zon zelf had geen kracht meer. Blauw was de kleur van het water. En geel, sinds mensenheugenis, die van de talloze paardenbloemen. De paardenbloem was het wapen van die kleur. Er begon een molenrad te draaien. Een hamer sloeg op zijn aambeeld. Seizoenen kwamen als uit boeken tevoorschijn, met elfjes en dwergen. Hoog opgestapeld op wiebelende wagens trok de zomer zich terug, een beeld dat vertrouwen inboezemde. Daarna was het winter. De kinderen reden op sleetjes het witte scherm binnen en verdwenen weer. Het was vreemd, bijna beangstigend.

Het had niet langer geduurd dan de tijd die een zondagse gast in het stadspark beneden nodig had voor zijn glaasje likeur, of een geheelonthouder voor zijn trouwhartige preek in de grote gymzaal. We stonden op, vele ervaringen rijker maar ook een beetje tekortgedaan, zoals altijd wanneer iets zo plotseling ophoudt. Het was nu eenmaal een splinternieuwe toverlantaarn, die nog niet zoveel glasplaatjes had. Ook waren onze zintuigen misschien zo in beslag genomen dat we lang niet alles hadden onthouden. En aangezien de mooie middag op zijn eind liep, sprak het vanzelf dat we nu weggingen. Uit de kerstkamer werden nog twee krentenpoppen gebracht, die we mee mochten nemen. En ze haalden onze jassen en hielpen ons er even zorgzaam in als ze dat bij hun eigen kinderen gedaan zouden hebben. We namen van alles en iedereen afscheid, een beetje weemoedig bijna. Toen ging de deur dicht. Toen stonden we op de trap, toen in de sneeuw op straat. De vier gezichten gingen nog een eindje met ons mee...

Wat heeft het geluk ons toch goed uitgerust, het heeft ons gehoor, gezicht en smaak gegeven, eenvoudige dingen, simpel, zuiver leven, dat een weg kiest die het toch al moet gaan. En toch is geluk als een bloeiende boom, of als besneeuwde wintertakken, of als de naakte contouren van de late herfst. Het doet met ons wat het wil, werkelijk van alles...

Naverteld...

De ochtendzon scheen op de bloemen. In de bedauwde lucht schudde een vogeltje behaaglijk zijn veren. Het licht in de kamer werd als gouden water weerkaatst.

Het boeket stond trots op de tafel. De vloer met zijn bijzondere inlegwerk, de stoelen met hun patroon als van zuivere adem, zelfs de souvenirtjes in de glazen kast hadden de innigheid van een vlijtige geest naar zich toe getrokken en glansden van binnenuit.

Een jong meisje kwam even binnen en keek rond. Wat fijn als het in een kamer zo stil is dat je maar op de drempel hoeft te gaan staan om uit te rusten, dacht ze en ze ging weer aan het werk.

Buiten op het grind hoorde je langzame stappen. Een gelijkmatige oude stem riep de kippen. De duiven vlogen op de vensterbank; een kalkoen bracht rollende klanken voort. Je hoorde het gepik en je hoorde de korrels vallen, zodat je wist dat de aardewerken schaal er stond zonder dat je hem gezien had.

Alles zag er vrolijk uit en was nog driftig in wording. Ook de blinde oude vrouw die buiten de kippen lokte en voerde, paste in het beeld. Ze kende de bergen. De paden lagen nog onder haar voeten, ook hier in haar nieuwe thuis. Soms zong ze psalmen of noemde ze de namen van zeldzame stenen, of ze liep met haar stok om het huis heen. Vandaag had ze bovendien talloze erwten gedopt en zelf in de tuin de tafel gedekt.

En het jonge meisje bracht nog steeds porselein of een bundeltje zilveren bestek. Zelfs de glazen zette de oude vrouw nauwkeurig op hun plaats.

Uiteindelijk ging ook zij naar binnen. Er ontbrak niets meer. Ze konden nu even genieten. Een uur lang was het stil. Het leek alsof er helemaal niemand in huis was. Het dienstmeisje paste boven in de zolderkamer voor haar piepkleine spiegeltje de pasgesteven schort van Kerstmis. Daarna ruimde ze nog snel de ladekast op die in zo'n hokje de tafel vervangt, zette de stoel recht en deed het raam weer open. Je kon nooit weten... En ook dat vertrek werd weer alleen gelaten. Om dezelfde tijd liepen ook de anderen de deur uit, keurig gekleed en met een mutsje op tegen de zon, of in een piekfijn gestreken zomerjurk, een grijze, zwarte of ivoorkleurige. Maar wie verwacht dat blije mensen ook blij kijken, vergist zich. De stille gezichten staan zo plechtig dat die mensen bijna bedroefd lijken. Ze hebben de kalme, afwachtende houding van degene die alles heeft gedaan wat er moest gebeuren en klaar is voor wat er komt.

Toch had het huis niet helemaal een zuiver geweten. Het was vanbinnen en vanbuiten glanzend gewreven als een wijnkelk, dat wel. Er was ook een sneeuwwitte gans geplukt, en de poëzie van de keuken had die uiteindelijk samen met de doperwten en andere vroege tuinvruchten omgetoverd tot een pastei die alle gasten moest doen watertanden. Het moest eruitzien als een luchtig, bescheiden ontbijt voor de fine fleur, dat toch kostelijker smaakte dan welk middagmaal ook. Binnen een uur moest alles voorbij zijn, het hele feestmaal waarvan de voorbereiding een dag had gekost. Want wat al schoon was, als altijd maagdelijk schoon, was nog eens opgepakt alsof het stoffig en verroest was, zodat het koper uiteindelijk vuur leek en het zilver geheimzinnig glas. En tot slot? Het slotstuk van zo'n ontbijt maakt deel uit van de meest blijvende herinneringen; mensen waarderen zoiets meer dan we denken.

We mogen er geen conclusies aan verbinden dat de een tamelijk vage en de ander buitengewoon harde gelaatstrekken heeft, een derde meteen te herkennen is aan zijn logge manier van lopen en een vierde aan zijn stem, die hoger is dan alles waarmee je hem vergelijkt en toch als de stem van een krekel uit de grond lijkt te komen. We mogen daar niet op afgaan en zeggen: 'Voor deze hier wil ik me helemaal niet zo uitsloven. En voor die daar nog minder.' Iedereen is het in wezen waard dat anderen hun uiterste best voor hem doen, wij zijn dat ook zelf waard. Ook dat de dingen eens een keer hun aardse helderheid krijgen... Zoals de klank van een klok naar het slaan van het hele uur lijkt te verlangen, zo verlangt elk huis naar zijn feestelijke momenten.

Heimelijk lag er echter iets venijnigs te wachten. Leedvermaak. Het weerspiegelde al in de decoratieve tuinbollen en nam verschillende afmetingen aan. Maar als iemand zich omdraaide om het in werkelijkheid te zien, begon het te lachen en riep het telkens: 'Ik ben er niet...'

'Zo zie je maar weer,' zei de eerbiedwaardige, veel te strenge matrone, die een eindje van de tafel af zat, maar toch al met haar gezicht ernaartoe, 'dat de tulband die jullie wilden bakken nergens voor nodig was en misplaatst zou zijn. Enkel omdat we op het platteland wonen, zou dat boerse gebak op tafel moeten komen... Dat is toch onzin, dat ziet een blinde.' Haar opmerking kreeg een enorme lading en er viel een stilte, hoewel iemand iets had moeten antwoorden. De puriteinse blijmoedigheid van die vrouw uit de bergen, die met behulp van kruiden en stenen haar gedachten bij elkaar hield, liet echter geen ruimte voor een weerwoord.

Je kon niets verzinnen als ze in de buurt was. Je kon tegenover haar vooral niets verdedigen wat dwaas en overbodig was. En het ergste wat je kon doen, maar dat kwam gelukkig zelden voor, was gebruikmaken van haar blindheid en doen waar je zin in had zonder dat zij het zag.

Want ze merkte het als er een vreemde meer aan tafel zat, ook al had die nog niets gezegd en zich nauwelijks verroerd. Ze merkte het zonder het hem te laten voelen. Ze wist hoe moeilijk het moest zijn om zo'n houding lang vol te houden. En ze merkte het ook als je met je gedachten ergens anders was. Door haar open karakter was ze net een kleine brandspiegel. De persoon of het voorwerp waarop die spiegel werd gericht, begon door eerlijkheid gepijnigd te branden.

Het hielp niet dat de gasten kwamen en duidelijk werd hoe onbegrensd de hartelijkheid was, hoe ze van elkaars gezelschap genoten en het alleen betreurden dat ze elkaar niet nog meer aandacht konden geven. Het hielp niet dat dit een moment was waarop alles werkelijk gezien mocht worden, waarop iedereen zijn eigen innerlijke evenwicht bezat en dat ook bij de anderen voelde – alle ogen keken niettemin tersluiks en kleinzielig uit naar iets anders. Wat zou het als ze bij hun laatste slokje wijn nog graag een stukje taart hadden gewild? Maar ze hadden de tulband niet mogen bakken, de oude vrouw had het niet toegestaan. Natuurlijk was het ook wel weer een geruststelling om te merken dat de gasten zich ogenschijnlijk slechts bezighielden met wat er nu eenmaal was. Ze knikten naar links en naar rechts, staken hun vork diep in de pastei en vonden, terwijl ze naar de tuin om zich heen keken, dat dit het mooiste plekje op aarde was! De vrouw des huizes was verdwenen, de schalen waren door de dienstbode en het jonge meisje weer naar binnen gebracht en naast de glazen lag hier en daar een wit broodje.

Een van de heren, zijn grijze cilinderhoed stak wiebelend boven iedereen uit, stond op. Met een ietwat kromme rug begon hij te praten, als een jongetje dat zijn vlieger uit de lucht wil halen en langzaam de lijn intrekt. 'Mijn god,' zei hij, 'ik voel dat de wereld mooi is en dat die schoonheid niet alleen aan de buitenkant zit, maar ook uit het hart komt. Dames en heren, laten we een flinke slok nemen op de gezondheid van de kranige oude moeder en die van de vrouw des huizes.' De vrouw des huizes stond al met een blos op haar gezicht in de deuropening. Ze hield een schaal in haar handen met daarop een grote tulband op stevig taartpapier. Haar handen waren als het ware gebonden, ze kon het glas niet heffen om met een klein, bevredigend slokje te bedanken. In plaats daarvan schudde ze vrolijk even met de schaal en liep ze door naar de tafel, waar ze bij wijze van dankwoord de tulband aansneed.

Maar toen kroop als een kleine, kronkelende draak de leugen uit de cake. Hij was op het laatste moment bij de bakker gekocht en zag er aan de buitenkant precies zo uit als welke tulband ter wereld ook. De verbazing die hij teweegbracht, kon je nog in stilte accepteren, wat ze ook deed, maar spontaan uitkomen voor de waarheid, die toch eigenlijk aan die verbazing ten grondslag lag – dat kon ze niet.

Juist een deugdzaam iemand wil zich ook weleens aan zoiets als een elegante leugen te buiten gaan. En als het dan ook nog een onuitgesproken leugen is... Helaas weigerde de cake zelf te zwijgen, hij was vanbinnen door en door geel, citroengeel. Het mes bleef erin steken en kon niet meer voor- of achteruit. Niemand kon nog ontkennen dat de tulband van de bakker kwam. En dat was voor een huisvrouw op het platteland allesbehalve een compliment.

Daar stond ze dan en ze liet niet eens toe dat de dienstbode de afschuwelijke saffraancake van haar overnam. Nee, het leek alsof ze hem heel bewust aan haar gasten uitdeelde en er expres mee rond bleef gaan tot ook het laatste kruimeltje onder het fijne glimlachje van de matrone verdween.

De fontein klaterde en speelde zijn koninklijke spel met het gouden balletje. Een vogel zong in de lucht zijn lied en iedereen keek naar hem en verdiepte zich in de woorden van zijn taal.

Daarna was het alweer bijna tijd. Het uur was om. Het jonge meisje kwam met een mandje aan haar arm weer naar de tafel en gaf iedere gast een roos of een knop zoals ze die in de tuin om zich heen zagen. Haar glimlach bleef net als de geur van de bloemen verborgen. En iedereen pakte de bloem op zijn eigen manier aan en stak hem op zijn hoed of in zijn knoopsgat of hield hem helemaal aan het uiteinde van de steel vast als iets wat gauw kon verwelken. En allemaal, jong en oud, liepen ze vol verrukking en tegelijk vol gêne over hun sieraad de tuin uit, babbelziek van de wijn.

De gebochelde

De kamer was weer eens alleen. Er liep alleen een oude dienstmeid rond, die de ramen dichtdeed. Je kon er zelf een jaargetijde bij kiezen, ergens tussen maart en september. Het licht was regenachtig roze. De straten moesten nat zijn. De daken waren het in elk geval wel. De hemel streek er net zo op neer als de duiven die erop rondstapten en hun gewelfde borst voor zich uit droegen. Het leek bijna alsof ze in de kamer waren.

Maar daar waren, misschien niet ongebruikelijk in het huis van een gebochelde, vooral de twee vogelkooien die naast de ramen aan de muur waren gehangen, op zo'n hoogte dat iemand die over zijn werk gebogen stond ze nog net kon zien. Overigens waren de bewoners, één in iedere kooi, met een groen doekje bedekt. Ze zongen om de beurt of samen. Het waren goudvinken, die, zoals elk jaar wanneer ze in de rui waren, hun liedjes waren verleerd. De bedoeling van de doeken zou kunnen zijn dat de vogels ver van iedere gedachte aan de lente weer vertrouwd raakten met de aangeleerde melodieën. Hun stem was erdoor bevrijd en een van de twee zong alsof hij een klaterend beekje was dat op het idee was gekomen zelf de noten te zingen die er in liedjes aan werden toegeschreven. Het klonk alsof het liedje zich het liedje zelf weer voor de geest haalde. Toen bleef het een poosje stil en je kon alleen vermoeden dat de zanger zich aan een plukje sla tegoed deed en zijn buurman zijn gevederde kop in een bakje water stak, want de vreugde op aarde wil nu eenmaal gedeeld worden. En de kamer trilde en wankelde een beetje, zo alleen, zo gevoelig als een jong meisje...

Er was geen spiegel in de kamer – of toch wel, op de deur, op een wat donkere plek, en in die spiegel zag je het kindje Jezus onder een glazen stolp. Toen begon het zingen weer, als de stem van een kinderlijk meisje in de kerk. God, wat een kamer was dat. Zoals ook de zon daarbinnen rijpte. De bank had zijn bloementuin geopend. Er heerste ook een orde die aan de tijd vlak voor de lente deed denken. Maar je hebt mensen die altijd zo zijn. Ze luisteren altijd aandachtig naar het eerste jaargetijde in hun ziel. En het zou heel onrechtvaardig zijn hun die gevoelens te ontzeggen. Het is de zuivere melodie van hun hart, het is hun pure waarheid. Daar kan geen preek tegenop, zij weten in wezen meer dan wij. Ze hebben vooral een thuis. Wat er in die kamer was, ademde als de honderdjarige klimop in een tuin. Het had misschien iets sentimenteels, maar het was ook eerbiedwaardig. Kunnen we zo'n onderscheid eigenlijk wel maken zonder hardvochtig te zijn? Kunnen we ons wel verplaatsen in de geest van een volledig ongeletterd iemand? Hoe hij zelf van geërfde gewoonten en zelf ontdekte wetten zijn wereld heeft opgebouwd... Ondanks het gevaar dat je opgesloten raakte in zo'n cocon, gaf de kamer ook blijk van nuchterheid. Zoals gezegd heerste er orde. Het was er ook schoon, een logisch gevolg. Er stond een oude lessenaar waaraan werd gerekend, dat kon je zien. En er was ook nog een hoek die op een werkplaats leek. Er hingen voor engelen gemaakte violen, die nooit met een vinger waren aangeraakt en misschien meer waren dan kostbare instrumenten; er hingen violen die nog niet af waren, vioolhalzen met toetsen en violen zonder achterblad. Je kon in het mysterie van de viool kijken. Van de muur kwam een geluid als een lied in een droom. Je zag niet alleen, maar voelde ook dat je in de werkplaats van een vioolbouwer was.

Toen begon een klok, waarvan het fluweelzachte getik tot nu toe niet was opgevallen, melodieus te slaan, drie keer. En alsof de vogel in dat geluid zijn lied terugvond, of alsof er helemaal geen vogel was en alleen een ouderwetse klok een deuntje speelde om het volle uur aan te geven, vulde de kamer zich weer met gezang, het gezang van een meisjesachtig geduldig volksliedje.

En nu ontwikkelden zich ook de geuren. Het rook hoofdzakelijk naar hout. De violen roken naar het bewerkte hout van de bomen. Zou er ook een berk bij zitten, die boom waaruit geneeskrachtig water stroomt als je er een buisje in steekt? Ik wist het niet, ik betwijfelde het bijna, ik heb geen verstand van vioolbouw. Het leek me alleen een mooie gedachte dat die berk zo'n melodieuze boom zou zijn...

Dus ook hier, in deze bijna kinderlijk vrome wereld van de ambachtsman, werden grote dingen zo klein gemaakt dat je ze vast kon houden, en kleine weer ongelooflijk groot, want zo waren bomen violen geworden en violen bomen.

Boven de kleine schaafbank hing één foto, de foto van een kind. De kleine gebochelde, die naast zijn moeder stond. De moeder zat erbij als iemand die iets wil doen uit trots en ondertussen sterft van schaamte. En de zoon, het kind? O, hem hoeven we niet te beschrijven. Hij had een moeder, dus hij wist zich geborgen. Zijn hand lag op haar schouder en hij zette een voet naar voren (hij droeg een lange broek). Het moest een aandenken aan zijn eerste communie zijn, dat fotootje. En aan de andere kant van de kamer, boven het kindje Jezus onder zijn glazen stolp, hing nog een kruisbeeld. De borstkas van de gekruisigde Christus stak vooruit en de armen, die van het kruis af stonden, lieten zijn schouderbladen zo duidelijk zien dat die mens geworden God ook wel een gebochelde leek. Wie zou dat kruisbeeld daar zo achteloos hebben opgehangen? Precies op die plek? Want het werd door de parelmoeren glans van de glazen stolp zo scherp weerspiegeld dat de stolp in duizend scherven leek te springen en het tere, welgevormde kindje Jezus, het wassen beeldje, leek te worden vernield. Het was echt zorgelijk. De gedachte kwam zelfs bij je op om te kijken of de spijker in de muur wel goed vastzat.

De zoon was inmiddels dan misschien wees geworden, maar

dit alles vormde zijn thuis, het veilige thuis van die ene mens. De dienstbode, die me de hele tijd alleen had gelaten terwijl ik wachtte (de vioolbouwer zou over een halfuur terug zijn), kwam binnen en knoopte een praatje aan. Gekeuvel, een beetje nors, maar mij vertelde het genoeg, datgene namelijk wat misschien in de vorm van een brief of een foto in een van de laden lag en waar ik zonder toestemming nooit naar zou durven kijken.

Of ik ook naar het circus ging, vroeg ze. Het circus, dat de hele stad leek te overspannen met de opwinding die het teweegbracht. Sinds het was neergestreken, hoorde je de leeuwen brullen en de olifanten liepen op klaarlichte dag zo ongeveer alleen over straat.

Ik was ervan overtuigd dat die dieren het kleinste schepsel nog geen kwaad zouden doen, laat staan ons mensen. Maar de norse meid kon dat niet geloven... Als je zo groot was en zulke klauwen en tanden had. Ze keek me minachtend aan... Het standpunt van de dienstbode was op de een of andere manier op hol geslagen nadat ik de mentale gesteldheid van zo'n dier had gebagatelliseerd – want dat had ik in haar ogen gedaan. 'Ik ga niet naar het circus,' voegde ze er bij wijze van verklaring meteen aan toe. Wie weet wat er allemaal nog in dat gesprek besloten lag. 'Ik niet, maar meneer Jakob wel.' Plotseling hield ze haar mond. Maar alles lag tegelijk al zo aan de oppervlakte dat ook haar zwijgen, haar onbeholpen zwijgen, veelzeggend was.

Een heel leven samen met een mens omvat nu eenmaal alles. Ze had de jongen, die gebochelde, gebrekkige jongen de eerste dag in haar armen gehouden. Daarna was hij gegroeid, had hij leren praten en lopen, schrijven en lezen, had hij dat vak daar geleerd en was hij uiteindelijk haar meneer geworden. Vooral sinds zijn moeder was gestorven. Sindsdien wendde hij zich rechtstreeks tot haar en gaf hij bevelen (wat hij altijd al had gedaan, maar dan in de vorm van kinderlijke verlangens). Hij wilde het zus of zo hebben, op dit of dat tijdstip. Ze was zijn bediende, maar heimelijk ook min of meer zijn moeder geworden. Onbewust bootste ze de manier van praten en denken van zijn overleden echte moeder na. En tot op zekere hoogte ook haar kleding. De foto was er een bewijs van. En ze deed dat alles niet om de baas in huis te worden, maar juist om bediende te blijven. Hoe langer ik naast haar zat te wachten, hoe aardiger ik haar vond. Ik wist gewoon hoe proper en schoon haar keuken en haar slaapkamer waren. God kon bij haar aankloppen wanneer hij maar wilde. Ze hoefde niet eens haar houten koffer nog gauw voor hem af te stoffen. Properheid en dienstbaarheid maakten in elk geval deel uit van haar religie. En die twee eigenschappen zouden haar ook de vernederingen van de oude dag besparen. Ze zou zich in dit leven geborgen weten tot aan haar dood. Dat was me opgevallen en zij voelde dat het me was opgevallen. En omdat ik het eerder had ontdekt dan zij, binnen een kwartier zelfs, vond zij ook mij sympathieker en keek ze me wat vriendelijker aan. Ik keek voor me uit. Ik zocht naar een reden om op te stappen. Opeens wilde ik niet meer op de vioolbouwer wachten, maar liever bijtijds, net als meneer Jakob, een plaats in het circus zien te bemachtigen.

Ik hoorde kinderen schreeuwen, alsof ze de mensen bij elkaar riepen. Ik keek naar buiten. Er liep werkelijk een olifant langs. Het leek wel alsof de straat ouder werd toen die grijze berg erdoorheen trok. De wereld was weer eens een klein, armzalig theater, een popperig decor voor dat reusachtige dier. Het bracht zoveel spanning in de stad dat je het binnen je vier muren niet meer uithield. Ook anderen moest het zo vergaan, want als ik het goed zag en hoorde, was alles en iedereen op straat. Ik ving een straatdeuntje op. Ik had een soort kermiskoorts gekregen. Ik moest naar buiten. Ik keek weer naar de violen. Onwillekeurig wees ik naar een van de vele instrumenten, het was het mijne. Het had zich aan me bekendgemaakt. Ik glimlachte bijna. Ik wilde het meteen van de muur halen. Maar de meid, die overal van op de hoogte scheen te zijn, zei dat het nog niet was ingespeeld, wat ze misschien opmaakte uit de plaats waar het hing. Tja, dat kon ik toch beter aan hem overlaten, als hij vond dat het nodig was. Dus ging ik weg. Ik stond alweer op straat voor ik er erg in had. De kleine woning daar boven stortte in mijn gedachten in als een toren van zandstenen blokjes die door een kind aan het wankelen was gebracht. Er was maar één gebeurtenis uit de buitenwereld nodig, van het soort dat tot nu toe zorgvuldig was vermeden, of het leven zou vernietigd zijn, het leven van die gebochelde. Ik kon het echt voelen, in mijn eigen vlees. Mijn bloed begon ook al langs die grote omweg te cirkelen. En ik pakte de dingen met kleine, warme handen vast en betastte ze als dieren waarvan wij denken dat ze geen ogen hebben. Stel dat er een danseres tussen die eigenaardige vingers kwam? Alleen al bij de gedachte zou ze huiveren.

Want liefde was nu eenmaal niet voor deze man weggelegd. Onze-Lieve-Heer had hem speciaal nog schone, bewoonbare kamers, een dienstmeid, een moeder en alle violen van de hemel gegeven. Dan kon je heel goed zonder verliefdheid. Ik wond me op en keerde me volledig tegen hem. Zelfs die vogeltjes vond ik al heel onvoorzichtig. Die opgesloten jongemeisjeszielen. Op dat moment zou ik niet eens een spiegel in die kamer hebben gehangen. Toch kon het heel anders liggen. Hij kon boven ons allemaal, boven de hele wereld verheven zijn. Er kon iets gebeuren waar niemand van ons aan had gedacht.

'Lieve hemel,' zei ik plotseling – ik stond al op het plein waar het circus was –, 'stel dat ik door een wonderbaarlijk toeval naast hem kom te zitten!' Ik begon te rekenen. Het was heel goed mogelijk. Goedkope plaatsen waren allang niet meer te krijgen en de rijke lieden zouden voorlopig op zich laten wachten en voor een deel pas 's avonds een kaartje kopen. Ik rekende er nu zelfs vast op. Het stadje was tenslotte maar klein. Als het om iets belangrijks ging, was je altijd ieders buurman. Ik kwam een kind met een carnavalsmuts tegen. Er kwam een man naar buiten die vlaggetjes verkocht. Ik kocht mijn kaartje. Daarna was ik daar het liefst de hele middag gebleven tot de voorstelling begon. Het leek tegennatuurlijk om eerst nog naar huis te gaan. Maar wat is de wereld toch vreselijk groot en wijd en afwijzend wanneer je als vreemdeling een beetje moe en verveeld een plekje zoekt om te zitten. Er is wel een veld, maar dat is voor de arme kleine toeschouwers die toch al geen cent te makken hebben en er al uren van tevoren zijn, omdat ze voor dat beetje dat ze hebben betaald geen glimp van het spektakel willen missen. Al maanden brengen ze hier al hun vrije tijd door. In vergelijking met hen ben ik, zeker als volwassene, een onbevoegde. Ook de armen hebben hun eigen rijk en hun wetten.

En aan de zuidkant, waar ik aan de rand van de tent eindelijk een soort bankje vond, waaide het zo hard dat je elk gevoel verloor. Er was ook geen sterveling te bekennen. Er vloog alleen een losgerukte vlieger hoog in de lucht, door niemand waargenomen, behalve door mij. Het was een soort circus van de wind zoals die vlieger, als een vreemde voor zichzelf en de wolken, werd voortgezwiept. Een wonderlijk schouwspel. Het maakte me bijna bang. Eenzaamheid is waarschijnlijk het enige wat ons deemoedig stemt en weer tot onszelf brengt. Ze vergroot de ruimte om ons heen, trekt de hemel als een reusachtige vlag omhoog en laat de aarde zakken. Daar moeten we dan op leven, op de aarde, nadat die plotseling de afmetingen van het oneindige universum heeft gekregen, vlak is geworden en ook weer rond. De aarde is een reus, de aarde is een bol, en wij zijn op die bol nog geen stipje.

Ik was te ver afgedwaald; als een hond hield ik nu in en snuffelde ik naar de geur van de wereld waar ik vandaan kwam. En als je zo zoekt, vind je die ook wel. Zo vinden ook huisdieren waarschijnlijk hun oude baasje terug: langs routes die onmogelijk lijken.

Ik had bedelares of sinaasappelverkoopster moeten worden (kunstrijdster of acrobate kon ik niet meer worden, en een arm kind dat onder het tentdoek door kroop ook niet, daarvoor was het allang te laat), enkel en alleen om een paar uurtjes ongehinderd op dat veld onder die circushemel te kunnen doorbrengen.

We mochten dus niet lopen waar we wilden. Wie thuis hoorde te zijn, moest naar huis. Dat was een stevige terechtwijzing en geïntimideerd ging ik pas vlak voor het begin van de voorstelling terug om mijn plaats op te zoeken.

Ik zat een eindje onder het midden. Er zaten daar zoveel hoofden te kijken dat ik alles eerst alleen maar verwarrend vond.

Een kind in een roze balletpakje met tutu op een paard! Van tijd tot tijd kwam er een nagebootste kreet over haar lippen en daaraan merkte je hoe stil het in het circus was. De muziek leek het kind te volgen en liep als het ware op haar tenen. Maar toen het meisje als een porseleinen beeldje naast haar paardje stond en samen met hem de piste verliet, vond de een na de ander in het publiek zijn stem terug. Tussen de applaudisserende toeschouwers herkende ik zelfs een huisgenote. En schuin voor me, het had niet beter gekund, zat de kleine gebochelde. Roerloos in zijn cape.

De muziek gaf ons weinig tijd om na te denken. Er kwam een windhond de piste in. Hij sprong door een papieren hoepel. Zijn zilveren vacht glansde alsof hij nat was van de haast. Hij liep tussen de benen van zes perfect gedresseerde schimmels door. Als een guirlande cirkelde hij van de een naar de ander. Daarna stond hij opeens in het midden en maakte hij een buiging door zijn kop simpelweg achterover te houden. Hij was uitermate geschikt voor dit soort voorstellingen, waarbij schoonheid op de eerste plaats kwam. Toch begon hij, zodra hij niets meer te doen had, te gapen alsof hij zich ontzettend verveelde, en het suikerklontje dat hij aan het eind van zijn nummer als beloning kreeg sprong hem zo ongeveer in de bek. Ten slotte verdween hij. We waren verlost, maar vonden het ook jammer. Ik vermaakte me al zo dat ik iedere bijbedoeling waarmee ik naar het circus was gekomen gewoon vergat. (Desondanks ging er geen seconde voorbij zonder dat ik mezelf verwijten maakte.)

Hoe haalde ik het in mijn hoofd een mens te willen observeren om te ontdekken hoe hij in elkaar zat... Ik werd uit mijn overpeinzingen gewekt door gelach. De paarden waren nu alleen. Ze liepen in een rij. Ik keek nog eens goed. Want ik wist dat het daar niet om kon gaan. Er moest een andere reden zijn waarom er werd gelachen. Inderdaad. Er rende een gebocheld mannetje achter die trits heilige witte paarden aan. Hij leek vastgebonden aan hun glimmende roze staarten. En nu vloog hij door de lucht, gewoon door zijn benen niet meer te gebruiken.

Het hele circus lachte, het lachte mee met de trommels en de fluiten. De muzikale begeleiding was er volledig op afgestemd. Angst bekroop me. Ja, hier waren ze, die mensen. Hier zat het circus in hen. De zwepen knalden een voor een onzichtbaar door de lucht.

In mijn angst keek ik onwillekeurig naar de kleine, gebochelde toeschouwer. Hij zat in zijn cape gewikkeld, nog kleiner dan daarnet, en hij verroerde zich niet. Als iemand hem nu had aangestoten, al was het maar per ongeluk, zou dat vermoedelijk tot een scène hebben geleid, een van die pijnlijke taferelen waarvoor de wereld niet verantwoordelijk wil zijn. Ondertussen vloog het gebochelde mannetje nog steeds door de circusring, totdat hij ten slotte zelf in een ring veranderde, een ring die hij zelf had gesmeed, een baan waarmee hij versmolt en waarin hij onder paukenslagen, tromgeroffel en gelach uiteindelijk volledig verdween. Je kon niets meer zeggen, niet eens bij jezelf, je werd overschreeuwd. Even moest je ook ophouden met kijken, omdat je het contact met de plaats waar je zat gewoon kwijt was. Je was moe en wilde slapen.

Maar plotseling stond hij er weer, de clown, alsof hij was herrezen. Hij stond op de rug van de paarden. Woedend ging hij tegen ze tekeer. Hij wilde dat ze zwommen en verdronken in het geraas dat opkwam als de vloed. Ineens viel er een lichtstraal op hem, het snel wisselende licht van Bengaals vuurwerk. Hij leek sprekend op zijn lotgenoot daar boven op de tribunes. Het circus had zich van hen allebei meester gemaakt. De gebochelde toeschouwer had zijn cape waarschijnlijk allang losgelaten, want hij zat daar voor iedereen te kijk. Wat kan de wereld toch wreed zijn. Ook tegenover zichzelf. Maar misschien is dat voor de wereld de enige manier om moed te houden en gezond te blijven. Door zich te uiten komt de wereld misschien weer met zichzelf in het reine. Niettemin was het rustige, zondagse pak van de vioolbouwer alleen versierd met een horlogeketting en een paar daaraan hangende zilveren talers, wat in geen verhouding stond tot de opsmuk van de clown. De mensen om hem heen hadden de gelijkenis waarschijnlijk niet meer dan terloops opgemerkt. Want de clown had een zijdeachtige bos rood haar die rechtovereind stond en naar links en naar rechts uitstak. En zijn geschminkte gezicht onder de punthoed van wit vilt was meelijwekkend. Op zijn wangen en zijn kin had hij een sterretje en op zijn voorhoofd een halvemaan. Ze maakten hem groter en kleiner tegelijk en leken op een geheimzinnige manier bij zijn gezicht te horen. Verder was er de tulen kraag met zijn vele lagen, die de man zonder nek volledig insloot en die de circusring met de hond en de paarden, en de ring waarin hij zelf was rondgevlogen, in het klein nog eens overdeed. En daarna kwam de enorme bochel, die de grote man klein maakte, hem opvouwde, alsof hij na gebruik moest worden opgeborgen. Die bochel was het circus. Het was de sprong die iedereen hier in het circus moest maken. Eerst de dieren, dan de acrobaten, koorddansers en paardendresseurs, en daarna wijzelf, het publiek op de tribunes. Maar uiteindelijk ook degenen die nooit naar het circus waren geweest, de hele rest van de wereld. In zekere zin heeft iedereen weleens aan de staart van vliegende paarden gehangen.

Ik zat daar nog een hele tijd. Maar ook achteraf voel ik me niet in staat het verdere verloop van de voorstelling te beschrijven...

Toen na veel krankzinnige kunstjes de twintig olifanten de ring verlieten, leek het weer een kerkelijke plechtigheid. Er was geen muziek meer nodig. De mensen vertrokken.

Pas nadat de tenten waren afgebroken en niets in de stad nog aan het circus herinnerde, ging ik weer naar de vioolbouwer om eindelijk mijn viool te halen. Ik liep erheen alsof die tenten in de verte er nooit hadden gestaan en wilde alleen weer voelen wat er op dat moment was: de kamer van de vioolbouwer. Niets dan de zondagse rust dreef me naar die kamer. De dreiging die erachter schuilging, was vergeten. Toch had het gekund dat ik er nog wel aan gedacht had. Dat was zelfs heel goed mogelijk geweest. Had die hele episode dan niet weer van voren af aan moeten beginnen? Maar ik kwam alleen mijn viool halen, en binnen was het stil, alsof er niemand was. Je kon amper een woord zeggen. Alles was in die fluweelzachte stilte opgeschort. Zelfs de gebochelde deed zachtjes, alsof hij anders iemand zou storen. Alleen het slaan van de klok was er weer, lichtjes natrillend. Het was precies drie uur. Ik stond op het punt om weg te gaan, peinzend, zoals altijd daar, toen mijn blik op de spiegel met de donkere schaduwen viel.

Er stond een beeldje onder dat nieuw was. Het was het beeldje van een gebochelde, een clown. Hij maakte een buiging, met zijn ene hand in zijn zij en in de andere hand zijn hoed, om heel beleefd afscheid te nemen van iedereen die nog iets te vragen had.

Het meisje

Een zwerftocht door vreemde streken langs onbekende, kleine boerderijen is meer dan wandelen, kijken en doorlopen. Ergens zien we gezeemde raampjes met altijd lieflijke, goedverzorgde fuchsia's erachter, ergens de propere, fris geurende gang van een huis of misschien een witte bank voor dat huis, en het zijn beelden die voortaan als een mooi, oeroud handschrift in ons leven staan gegrift.

Natuurlijk zijn ze niet allemaal zo. Sommige raken langzaam in verval. Maar als iemand op zijn erf als het ware in slaap is gevallen, staat er al iemand anders te wachten die de boel opknapt en restaureert. Als zijn eigendom uiteraard, maar wat zegt dat, behalve dat het altijd zo is geweest. De natuur heeft nu eenmaal een verbond gesloten met de sterken der aarde. Het zijn allemaal vaste koopcontracten: de natuur geeft haar graan, haar bomen, haar huiden, kortom alles, echt alles wat ze heeft. De mens moet van zijn kant meer doen dan in ruil daarvoor een tijdje de handen uit de mouwen steken. Hij moet er zijn vlees en bloed voor geven en zelfs iets waarvan hij soms zegt dat de natuur het niet heeft: zijn ziel.

Soms neemt de natuur ook genoegen met een pachtovereenkomst. Maar pachters zijn vaak arme, onderdrukte mensen. Ze werken maar een bepaalde tijd en komen en verdwijnen als schimmen.

En iedereen op het platteland ziet al op drie passen afstand of de ander eigenaar of pachter is. Op z'n minst, want misschien ziet hij nog wel meer. Daarom is een arme sloeber ook dubbel arm. Want hij is het niet alleen in zijn eigen ogen, maar ook in die van de anderen.

Dat geldt helemaal als hij meer is dan zomaar arm. Als hij volledig heeft afgedaan. Als de ander aan hem ziet dat hij geen nuttig werk meer kan doen. Als de armoede in beeld heeft gebracht dat hij een bedelaar is geworden en dat beeld beetje bij beetje vervolmaakt, zoals iemand anders met moeite en een soort vlijt de attributen voor zijn carnavalskostuum bijeensprokkelt. Uiteindelijk is hij een volmaakte bedelaar, maar de fasen waar hij doorheen moet, verlopen heel langzaam en zijn voor een buitenstaander nauwelijks waarneembaar. Maar soms (meestal vindt zo'n leven een dramatisch en onrechtvaardig lijkend einde, zoals uitgehongerde hazen op de vlucht door vogels worden doodgepikt), soms neemt alles een wending, alsof het verhaal dat wordt verteld niet meer is dan een vredige idylle, een idylle over arme mensen, vergelijkbaar bijna met heiligenlevens, waarin de kleinste kleinigheid ons net zo, of zelfs meer ontroert dan de kostbaarste geschenken van de heilige Drie Koningen. Alleen krijgen die arme mensen zoiets niet meer voor elkaar, tenminste niet uit zichzelf. Ze moeten in zekere zin opnieuw worden binnengelaten in hun eigen leven. Ze hebben nog te veel de gewoonte om voor de deur van hun hart te blijven zitten. Daarom heeft de natuur ook de plicht om iemand te vinden die ze hun eigen bed wijst, ze weer hun eigen brood te eten geeft en met een simpele slok water bewijst dat ze in staat zijn weer op krachten te komen. Natuurlijk is zo'n gunstige lotsbeschikking niet hetzelfde als barmhartigheid, tenminste niet wat wij daaronder verstaan. Aangezien het lot nu eenmaal alwetend is en de wegen bewandelt die bewandeld moeten worden, komt het zelfs voor dat het de armen die het wil helpen gewoon te koop aanbiedt en ze eerst in een ronduit belachelijke situatie brengt. Want het is hoe dan ook grappig als zo'n nietsnut op een van de vele afgelegen veilingen van deze wereld belandt.

'Hij', of laten we in dit geval zeggen 'zij', dat komt meestal op hetzelfde neer, hoeft aan de kant van de weg maar een beetje van haar omzwervingen uit te rusten, of de gegadigden komen al aanlopen. Hm, denkt een jonge boerenzoon, gezond, ongenadig gezond, die alleen met zijn ogen afdingt op iets wat toch al heel voordelig, of laten we zeggen afgeprijsd is, hm, die heeft haar kans gemist. En hij loopt fluitend door. Daarna een jongedame in gezelschap van een heer, toeristen, heel nieuwsgierig. Mensen die zo'n goed onderhouden, rijk en stevig huis hebben dat ze een aangenaam landschap gewoon als een voortzetting van dat huis of een deel van zijn omgeving beschouwen en verbaasd zijn als daar plotseling iemand zit uit te rusten, zoals je soms in een park een vreemdeling ziet van wie je je afvraagt hoe hij daar komt. Ik durf zelfs te beweren dat ze die armoedzaaier met hun nieuwsgierigheid onbewust proberen te verdrijven. Er zit hen iets dwars. Wat zou er gebeurd zijn? denken ze. Ze draagt een jurk die niet veel anders is dan de onze, en ook al is hij verschoten en heeft hij een andere snit, van een afstand is hij even fatsoenlijk. Ze ziet er legitiem uit, ja, ze lijkt iemand van onze stand. Maar haar kind zal dat nooit zijn. En ze hebben gelijk, ze hebben het in een oogopslag begrepen. Daarna komt er een boerin, iemand die weinig zegt. Ze heeft haar eigen vaste regels. Ze is opgegroeid en het middelpunt van de wereld geworden, ook al is het maar op één enkele plaats, want we kunnen meestal niet op verschillende plaatsen tegelijk zijn. Ze zou nooit naast die vrouw gaan zitten. Ze heeft zojuist haar vlas-overschot van de hand gedaan in het marktplaatsje ginds dat met zijn kloostertoren en zijn huizenrij deze kant op kijkt. Want meer dan vijftig paar kousen, best harde kousen trouwens, voor wie niet vanaf het begin op vlas heeft gelopen, meer dan vijftig paar kan ook de rijkste boerendochter in haar uitzet niet kwijt, zegt de oude boerin bij zichzelf en ze loopt door. Ze kijkt nadenkend en er lijkt iets in haar mondhoeken te zitten. Misschien denkt ze behalve over kousen van vlas ook over andere dingen na. Daarna komen er kinderen. Ze kijken. Ze staan daar maar, en terwijl ze het raadsel voor hun neus proberen op te lossen, worden ze zelf een raadsel. De tijd verstrijkt. Als er niet gauw iets gebeurt, voelt de vrouw daar op die bank zich straks nog een stropop voor nieuwsgierigen (maar ook daar is niets aan te doen). Haar hoed is een onschuldig gevormde, witte strohoed zonder noemenswaardige versierselen. Er hangen alleen nog een paar blaadjes en een lelietje-van-dalen aan de band van ijzerdraad. De rok die ze draagt, heeft twee kleuren, aan de voorkant is hij bruin en aan de achterkant mosgroen, en hij is rondom versierd met het erin afgedrukte patroon van een allang verwijderde strook kant. De zon heeft nu eenmaal ook zijn pleziertjes, net als de mensen. Even later verschijnt de bergkoerier. En hoewel hij anders van opschieten houdt en graag zegt dat hij op zijn ene been uitrust terwijl hij zich met het andere voortbeweegt, blijft hij nu staan en kijkt hij van onder zijn kromme rug naar wat hij als oude man allemaal nog kan zien. De vrouw is jong en eigenlijk bijna knap. Ze zou echt knap zijn als het geluk in haar leven niet ontbrak. Maar 'geluk hebben', dat weet hij ook wel, is niet zomaar toeval, het is een echte karaktereigenschap. Daarom twijfelt hij even. Maar dan doet hij al na een heel kort gesprekje een goede greep. Hij neemt haar in dienst. 'Kom mee,' zegt hij, 'bij mij kun je voor je kind en jezelf de kost verdienen.' (Ze heeft nog helemaal geen kind, maar daarom kan hij nog wel gelijk hebben.) 'Kun je koken?' – 'Niet echt.' – 'Dat geeft niet. Kun je naaien?' – 'Ook amper.' – 'Dat geeft niet. Kun je geiten melken?' – 'Totaal niet.' – 'Ook dat is niet erg. En tuinieren kun je ook niet?' Ze schudt haar hoofd. 'Dat geeft evenmin,' zegt hij vol begrip of vol medelijden. 'Dat leer je wel als je eenmaal bij mij woont. Als je een kind hebt, leer je het. Ik laat het je wel zien, het werk, je hebt het gewoon nog niet echt geleerd, ik laat je wel zien hoe het moet.' Een oude man uit de *Odyssee* had geen verstandiger overzicht over het leven kunnen hebben.

En toen de schaduw over de heuvels en bergen viel en het licht in de lucht uitdeed, was het leven van het meisje al veranderd en was ze in een klein huisje aan het werk, even vlijtig als schuchter, zoals ze van nature nu eenmaal was. En de bank was donker en leeg. Hij mocht tegen zichzelf aan leunen als hij daar zin in had. Of de nacht kon beslag op hem leggen. Misschien lag er alweer een landloper op te slapen of had een verliefd stelletje er een rendez-vous. Als zo'n zomernacht eenmaal donker is geworden en iedereen die er niet thuishoort weg is, wordt hij weer doorzichtig. Dan dromen de bloemen misschien dat ze sterren zijn. En misschien geloven ze het ook echt, want als ze 's ochtends wakker worden, is hun hart met diamanten getooid. En de vogels hebben nooit zo'n frisse keel als na een heldere, zachte nacht vol sterren.

Eén nacht, als er op aarde maar één enkele nacht was, zou die zo moeten zijn en niet verstoord mogen worden. Ook de strengste stedeling geeft dat ongetwijfeld toe. Maar dan is ook de dag zelf net als die hemel van trillende werelden. Dan hebben we de nacht dus niet nodig, zegt de stedeling. We denken dat we 's morgens tot het andere eind van de wereld kunnen kijken. Voor het werk dat moet worden verricht, is het licht in ieder geval goud waard. Het neemt ons in de hand alsof we een waskom zijn, die bij het krieken van de dag is gevuld, alsof we een vuur zijn, dat vroegtijdig is ontstoken. En alsof we het eerste voedsel van de dag zijn, dat ingetogen wordt genuttigd. Maar daarna moeten we aan de slag, alsof we een verbond hebben gesloten met Onze-Lieve-Heer. En we moeten wel heel gewetenloos en zwak zijn wanneer we dat verbond verbreken, zomaar ergens neervallen om te niksen en uiteindelijk indommelen, midden op de glasheldere, tinkelende dag. Want ja, licht tinkelt, het tinkelt tot het verdwijnt en ons deel van de aarde de nacht ingaat.

Het is moeilijk te geloven hoe vlug alles gaat wanneer we eenmaal vertrouwen hebben in de zaak en in onszelf. Het is hekserij in de goede zin van het woord. Toegegeven, als de oude man de jopper aantrok die het meisje voor hem had versteld, was hij niet versteld zoals een non in het klooster of een andere vrouw het zou hebben gedaan. Maar hij was versteld. En het had iets aandoenlijks dat het in elk geval gebeurde. Bij alles was het nog als bij een kind dat net leerde lezen. Zo langzaam en onzeker ging het ook. Maar het ging en dat was de hoofdzaak. En omdat een deel van het werk iedere dag hetzelfde was, kreeg ze mettertijd ervaring. Het maaien ging wat beter. En de geit stond onder het melken stil. Zo raakte de emmer vol en waren er, naarmate de dagen verstreken, telkens weer bewijzen dat iets goed was verlopen. En ging ook het koken haar niet veel beter af dan iemand ooit had gedacht? En bekeek de oude man, als ze een dagelijks karweitje had voltooid, het resultaat niet vol trots, als een bruidegom? Het was haar gelukt. Weldra was ze tegen al haar taken opgewassen. Hij had zich niet in haar vergist. En zij was zo tevreden als iemand maar kan zijn. Hij had een goede keus gedaan. Zo'n afgelegen huisje met twee geiten en negen kippen, met een tuintje en een wei eromheen, had ze al een hele tijd nodig. Dat oude opaatje moest voor het begin van de tijd voor haar zijn geschapen en daarom behandelde ze hem bij elke gelegenheid ook als een geschenk van de Voorzienigheid. En dat is geen slechte manier om met iemand om te gaan. Integendeel, het is een hemelse manier. Als dat altijd maar zo doorgaat, moet je wel een gevoel van eeuwigheid krijgen. En een eeuwigheid, ook als ze niet aan het goddelijke, maar aan de sterren wordt afgemeten, blijft toch een lange tijd, lang genoeg om ergens mee te beginnen en het ook af te maken.

Het is dan ook geen wonder dat de ervaring zich ontwikkelde tot bekwaamheid en de bekwaamheid in betrekkelijk weinig maanden uitgroeide tot netheid, tot orde, kortom tot bestendigheid, zodat de oude man zijn koerierswerk wel weer opgepakt zou hebben, ware het niet dat hij zich als een grootvader alvast om de bevalling van het jonge vrouwspersoon begon te bekommeren. 'Weet je,' zei hij op een dag, 'ik zal de vroedvrouw waarschuwen.

Dan is er iemand die voor je zorgt.' En terwijl hij dat zei, stond hij met zijn grote, zwierige hoed op en zijn vest en zijn lange jas aan al bij de deur, en de lange stok in zijn hand hield hij uitgestoken naar de weg die door het bos liep. 'Ja,' zei hij en hij liep al weg, want zoals de meeste oude mensen luisterde hij niet naar anderen, maar richtte hij zich tot de vormloze wereld van zijn ziel. Die is namelijk al begonnen aan haar tocht met de veerman Charon, terwijl het menselijk omhulsel dan nog maanden of zelfs jaren in zijn huis rondloopt, doet en laat wat het wil en reddert en bedisselt, zoals mensen nu eenmaal doen.

Het vrouwspersoon was nu alleen.

Julia heette ze en ze had nog wel een paar namen. Er was gebleken dat ze nog een houten koffer met kleren bezat en dat ze zelfs wat geld op de bank had staan; de postbode had haar een keer de rente gebracht. Maar het liet haar onberoerd. De dingen lagen waar ze lagen en die ene groene jurk leek met haar lichaam vergroeid. Toch overviel haar, nu de oude man weg was, een vreemd soort ijver. Ze knipte een hemdje, nadat ze eerst een patroon had getekend; het kostte haar moeite om zich voor te stellen hoe groot een pasgeboren kind eigenlijk was. Daarna pakte ze een heel zacht laken en knipte er luiers van, die ze omzoomde. Ondertussen maaide ze, molk ze, wiedde ze in de tuin en maakte ze voor 's avonds soep klaar. Toen de oude man thuiskwam, lag er al een armvol babykleertjes, sommige af, andere nog onaf. En de oude man bekeek met voldoening wat ze had klaargespeeld, want hij wist op de een of andere manier dat het voor haar een prestatie was, en hij vond het ook fijn dat ze zijn hint had begrepen. Ze was weer opgenomen in het wereldbestel en als de oude man geen oude man was geweest, had hij naar haar hand moeten dingen. Want hij was verstandig genoeg om in te zien dat een gekwetste ziel dat nodig had om zich weer volledig met het leven te verzoenen, al moest het dan van iemand anders komen dan van hem. Dat begreep hij. Want het meisje zei nog steeds niet meer dan die paar woorden die vanzelf kwamen. En dat baarde hem zorgen, want ze was nog zo jong en had vast behoefte om te praten. Toch kon je ook weer niet zeggen dat ze verdrietig was. Integendeel, ze was het bij voorbaat met alles en iedereen eens. Alleen miste ze iets, iets wat bij het leven hoort, ook al is het misschien geen nobele eigenschap. Een vanzelfsprekende, ondankbare levenslust – dat miste ze. Ze zei het ook tegen zichzelf. Ze miste iets.

Het was alsof er alleen bij toeval een ziel in dat lichaam woonde. En alsof lichaam en ziel een eigen leven leidden. Daarom duurde het ook zo lang voordat haar daden overeenstemden met haar wezen en daarom was het ook vast meer dan alleen toeval dat ze die stokoude, maar nog krasse koerier was tegengekomen, die haar meester werd.

Op een avond ging de oude man weer op pad. Maar eerst had hij een buurvrouw gehaald, een vrouw die tien kinderen had. Zij molk nu en zette koffie, echte koffie, en er hing ook een koperen emmer vol water boven het vuur, waarschijnlijk het bad voor het kind dat zou komen... Ze bekeek de kleertjes. O god, dat hemdje was veel te klein! Zo onwerelds was dat meisje nog, hoewel ze moeder werd. Gelukkig wist de boerin niet dat het meisje het zelf had gemaakt. Bovendien was ook die arme boerin al zo door het lot gevormd dat ze er, als ze het wel had geweten, hooguit iets pijnlijks in had gezien of het niet helemaal had begrepen. Vervolgens zou ze kleertjes van haar eigen kinderen hebben afgestaan, hoe moeilijk ze dat ook vond en al zou het (wat inderdaad het geval was) zijn uitgedraaid op niet meer dan een ruil. En al zou ze er ten slotte (wat eveneens gebeurde) in het dorp over hebben geroddeld, omdat ze nooit haar mond kon houden, en al had ze iedereen ook nog eens het piepkleine, het onwerelds kleine hemdje laten zien, dan nog zou het een goede daad zijn geweest, ook in de ogen van het meisje, dat haar voor die goede daad nog altijd met dankbaarheid zou hebben beloond.

Zwijgen is voor veel mensen immers een te hoog gegrepen opgave, van één op de drie kun je dat niet verlangen. Verstaan in de zin van begrijpen is het verhemelte van het verstand, dat verbonden is met de tong. En wat de tong doet – gewoonlijk – (als hij iets denkt te hebben begrepen) is spreken. Zo gaat het nu eenmaal in de wereld.

Maar zoals gezegd, het is al heel wat als de tong niet alleen de tong is, of het verstand, maar ook weer in een hart en een hand verandert. En zo had het meisje alle reden om blij te zijn toen de boerin met drie truitjes en twee hemdjes kwam aanzetten. Want er heerste aan beide kanten armoede, ook al verschilde die armoede van aard. En de boerin voelde zich in tegenstelling tot haar lotgenote geborgen. Terwijl die laatste de vreselijke weeën van het baren begon te voelen en een soort ontzetting ontwikkelde voor de moeder van tien kinderen. De natuur rukte het arme schepsel in vieren, ook al was dat inbeelding, veroorzaakt door de pijn. Julia, ik moet het besluit nemen haar weer bij haar naam te noemen, klampte zich met haar handen aan de randen van haar strobed vast. Haar benen waren gestrekt als die van een dode. Haar hoofd keek naar achteren, alsof het niet meer aan haar lichaam zat. Maar af en toe was ze weer helemaal slap en lag ze daar als een vermoeid dier dat in slaap viel. Op dit vlak maakt de natuur geen onderscheid tussen een vorstin en een bedelares. En als de vorstin bijvoorbeeld om narcose vraagt, wordt ze daardoor in mijn ogen minder bestendig dan een plant die tijdens zijn metamorfose het omhulsel van de knop op eigen kracht breekt, in een explosie van leven en dood. Het is geen toeval dat het landschap van de aarde identiek is aan dat van het hart. Buiten viel de eerste sneeuw, die laat was dit jaar en meteen weer smolt en in slierten door de straat stroomde. Het was nacht, maar een nacht zoals die zomernacht, de dag van een nacht. Alleen iets troostelozer, wat paste bij het jaargetijde. Je vergat naar de sterren te kijken, omdat ze niet alleen ver weg, maar ook heel klein leken. In de kamer was alles in zekere zin tot stilstand gekomen, want zodra andere mensen voor onze ogen gebruikmaken van onze spullen (en al helemaal als ze ons op die manier willen helpen), worden het dode spullen, en onwillekeurig vragen we ons af hoe het hier zal zijn als we zelf zijn gestorven.

De deur van het huisje ging open. De vroedvrouw was er en deed haar jas uit. En de oude koerier, die tevreden naar zijn slaapkamer had willen gaan, bleef in de deuropening staan alsof hij wortel had geschoten. Het was alsof hij de weg weer op moest, om voor altijd buiten te blijven en buiten rond te zwerven. En het was nacht en de verwarrende pracht van de sterren stond los van de wereld daarbeneden. O, wat kan een mens alleen zijn. Er klonk een schreeuw. Het was geen kreet van pijn, eerder het geluid van iets wat in tweeën werd gespleten, en de schreeuw van het kind kwam op de wereld. Een ogenblik beheerste hij de wereld als een bliksemschicht. Denken en voelen waren niet langer denken en voelen. En terwijl er binnen maar één klein lampje brandde, kwam nu – hoe vreemd het ook mag klinken – het zwart van de duisternis aan het licht. Het was niet duidelijk of het de dood of het leven was. De oude man zat gebroken op de rand van zijn bed, terwijl binnen in de kamer iemand praatte en iemand antwoordde. Het moesten de vroedvrouw en de boerin zijn. Maar na een poosje waren er drie en toen vier stemmen, de moeder en het kind waren erbij gekomen. In zekere zin waren ze allebei geboren.

Toen hervond de oude Jozef zijn voeten. Hij stond weer. En ten slotte riep de vroedvrouw schertsend vanuit de kamer: 'Jozef, ouwe jongen, je hebt een kleindochter.' De betekenis van die woorden leek het leven meteen weer bewoonbaar te maken. De tafel in het midden van de kamer, waarop het kleine lampje stond, reikte alle voorwerpen in het vertrek met een ontroerend gebaar het licht aan. De smalle straal die op de bank viel, verlichtte de propere stof. Aan de muur hingen nog twee prenten. En het zilveren schijnsel van een Jezus, die ook aan de muur hing, doorkruiste de kamer als een heilig spinnenweb. Hij had op zijn knieën kunnen vallen. Er zijn momenten waarop we ons voor niemand meer hoeven te schamen, momenten waarop het Kerstmis is in onze ziel. Maar na de geboorte komen de kruisiging en de verrijzenis en kunnen we alleen maar dankbaar zijn; we kunnen niet meer zeggen of we zo geleden hebben om het leed van iemand anders of om dat van onszelf. De oude Jozef durfde niet meteen naar het bed van zijn maagd te kijken. Hoewel hij het wist: daar lag ze met haar kind.

O, wat een opluchting was dat. Vanwege de angst die hij had doorstaan, moest hij wel van het kind houden. Het huilde voor je en door het te troosten, troostte je jezelf. Langzaam zocht hij Julia's stem en terwijl hij daar stond, streelde hij haar als het ware van een afstand. Hij tilde het hoofdje van het vuurrode wezentje op en schudde zijn sneeuwwitte haar een beetje voor het gezichtje heen en weer. Het was bedoeld als een grapje of als een soort welkom. Hij verbaasde zich over het krachtige handje, dat alles wat je erin stopte stevig vasthield, en hij had het gevoel dat hij zich amper nog kon losmaken. Zo was er al vlug een nieuw verbond gesloten, een verbond tussen een stokoude man en een pasgeboren kind. De vroedvrouw en de boerin konden uiteindelijk met een gerust hart vertrekken, want de oude man verleende met plezier alle hulp die nodig was. Hij hield 's nachts de wacht, dat kon je wel zeggen. Zoals hij op de uitkijk zat, leek hij bijna een van de Drie Koningen. Hij wist natuurlijk ook wel dat de komst van dit kind een basis legde onder zijn huishouden. Voordien had hij zich weleens afgevraagd hoelang zijn jonge huishoudster het zou volhouden. Maar nu wist hij dat ze zou werken voor het kind. Dat was ander werk. En alleen dat werk kon worden wat werk moet zijn: de twee schakels van het leven. Dus luisterde hij of ze allebei nog ademden, de moeder en haar kind. En als een buitenstaander hem verweten zou hebben dat wat hij voelde berekening was, liefdeloze liefde, zou dat bewijzen dat die persoon niets van het leven begrepen had, want het leven bestaat uit niets anders dan zulke verbintenissen. Ze vormen de aard ervan, ze zijn het leven. Hoe nobeler iemand is, hoe sterker ze meestal in hem tot uitdrukking komen. Als zulke verbintenissen, waarvan je al afscheid had genomen, opnieuw ontstaan, is het alsof je uit de dood wordt opgewekt. Het leven duwde de oude man dan ook meteen in zijn nieuwe rol. Het werk dat hij jarenlang alleen had gedaan en voor een deel had verwaarloosd, trad weer op de voorgrond, en hij werkte urenlang en gunde zich amper de tijd om te ademen. Eigenlijk maakten de lepels opnieuw kennis met hem, en ook, nogal onbeholpen, de schalen en borden. Geleid door Julia's zwakke stem haalde hij dingen voor de dag die allang uit zijn gezichtsveld verdwenen waren. Het leven dwong hem door te gaan met datgene wat begonnen was als een goede daad. Voor het eerst in zijn leven nam hij zelfs een kind, dit kleine kind, in zijn armen. En dat verbaasde hem het meest. Het wezentje sliep en sliep. Uitgeput van het geboren worden, of misschien omdat het zich in de omhullende warmte van de boerenkamer telkens weer in het lichaam van zijn moeder waande, sliep het dag en nacht, bijna aan één stuk door. En omdat het zesendertig uur lang niets at, bleef het ook schoon, bijna een zinnebeeld van de heilige armoede. De witte lapjes die voor zijn kleertjes doorgingen, hingen boven de kachel; de zweetdruppels op de raampjes parelden een voor een omlaag. De klok sloeg. Een kip, die de stilte niet gewend was, vloog door een zijkamertje naar binnen. Zo gingen er veertien dagen voorbij.

Er ontspon zich een echte liefde tussen moeder en kind. De liefde van het kind voor de moeder was nog onzichtbaar, alsof het blinde liefde was. Die van de moeder voor het kind kwam zo dicht bij de liefde als zodanig dat ze die leek te belichamen. Maar dat had ook een nadeel. Want ook daarin school alweer de kiem van de lusteloosheid die haar lot misschien voor een groot deel had bepaald. Niettemin was er voor het leven een bondgenootschap met een ander mens gesloten, en dat is immers de hoofdzaak in de verhouding tussen moeder en kind. Bij ieder weerzien weten ze het allebei: wat wij tegen elkaar zeggen en elkaar aandoen, of voor elkaar doen, is voor altijd. Het zal nooit verdwijnen. Ook tussen ouders en kinderen die door een speling van het lot vreemden zijn geworden, is dat nog zo. Het kan simpelweg niet worden vernietigd, hoe de omstandigheden ook zijn.

De boerin kwam drie weken helpen in de stal en in het huishouden. Want ze zag meteen dat van Julia niet verwacht kon worden dat ze net als een plattelandsvrouw op de derde dag opstond om zelf de luiers te wassen. Julia sliep bijna evenveel als het kind. En op de eerste dag dat ze zich goed genoeg voelde om op te staan, moest ze tot haar eigen schrik opnieuw leren lopen.

Op het kleine stukje naar de bank bij de haard had ze het gevoel dat ze verdronk. Het duurde nog een paar dagen voordat ze het kind durfde op te tillen. De goede oude man bleef alles doen. Daardoor was ze hem meer dank verschuldigd dan wie ook in het verleden. Die dankbaarheid was nu de bron waaruit ze kracht putte. Het was voor haar ook de enige manier om blij te zijn, want een andere kende ze niet. Het leven moest haar wrede slagen hebben toegebracht. Haar kinderlijkheid had nog een soort vrolijkheid kunnen worden. Maar ook daarin werd ze geremd door haar schuchterheid, haar eeuwige angst voor elke nog onbekende, ongewone ontwikkeling. Een opmerking kon vriendelijk zijn, uit een gebaar kon waardering blijken, maar elke reactie kon om ondoorgrondelijke redenen het volgende moment in het tegendeel verkeren. O, het leven! Het was angstaanjagend. Het leek altijd alsof ze zelf geen moeder, geen man, geen broers of zussen had. Alsof het leven haar te elfder ure de deur had gewezen. Zo zag ze er ook nog steeds uit. Terwijl ze nu toch iets kon, haar werk, dat kon ze! En ze had ook een thuis gevonden. En niet alleen voor zichzelf. Het kind groeide bij haar op. Het heette Maria. En het had ook iets tempelachtigs over zich, iets

131

van levenswijsheid. Al in het begin van haar tweede levensjaar legde haar dochtertje gehoorzaamheid en een onvoorwaardelijke liefde voor orde aan de dag. De paar blokjes die ze had, ruimde ze altijd op, en als ze geroepen werd terwijl ze zat te spelen, kwam ze meteen. Ze leek onbewust te streven naar de samenhangen in het bestaan waar haar eigen moeder vanuit haar duisternis nooit bij had gekund. Want ook al was Julia op het dwaze af vol goede wil, ze moest toch ook het soort mens zijn dat anderen gewoonlijk 'dom' noemen. O, wie weet wat ze was. Het enige wat vaststond was dat ze iets miste.

En het wonderlijke was dat de oude opa haar ook zo behandelde. Hij zag haar als een gezonde zieke. Ondertussen was het kind zijn vogeltje, zijn bloempje. Het nam mettertijd de plaats in van zijn dagelijkse wandelingen, want hij liep almaar krommer en werd almaar vermoeider. De keren dat hij nog op pad ging, lag de plaats van bestemming steeds dichterbij. Steeds minder mensen vertrouwden hem nog een boodschap toe. De gemeente stuurde hem uit pure liefdadigheid nog weleens ergens heen, want hij was altijd loyaal en betrouwbaar geweest. Ten slotte nam hij geen opdrachten meer aan. Diep gebogen liep hij rond zijn huisje. Het was verbazingwekkend dat iemand die zo krom liep nog kon leven. Maar voor de kleine Maria leek hij precies goed. Nooit hoefde ze met haar handje hoger te reiken dan ze kon, de oude man boog altijd zijn hoofd naar haar toe. Na een poosje liep hij zelfs op gelijke hoogte naast haar, zoals moeders soms uit liefde doen. Wat was die oude man toch wijs. Toch was hij zich veel bewuster van zijn toestand dan anderen misschien dachten. Als hij onderweg iemand tegenkwam (hij durfde niet zo goed meer weg, want hij had tot zijn bezorgdheid gemerkt dat hij plotseling in een vreemde omgeving kon belanden en dan niet meer wist waar hij was, omdat dat ogenschijnlijk zo kleine dingetje, zijn geheugen, hem in de steek liet), als hij iemand tegenkwam, bleef hij vaak staan, keek op naar de persoon in kwestie of naar de hemel en hield een toespraak. En het waren altijd waarheden die hij zei.

Omdat hij toch niet helemaal vrij was van praktische zorgen, zei hij op een dag tegen de gemeentebode die hem bezocht dat hij de boerderij wilde nalaten aan de kleine Maria, en dat die dus na zijn dood voor een schappelijke prijs aan haar moeder moest worden verkocht. 'Want,' zei hij nadrukkelijk, 'je kunt je geld niet meenemen naar de hemel.' Bij zichzelf dacht hij: ik kan met mijn geld doen wat ik wil. En hij trof een wonderlijke beschikking. Hij vermaakte zijn spaargeld aan het kleine meisje. Maar het bedrag kwam overeen met de koopsom van het huis, zodat Julia haar erfenis kocht en tegelijk cadeau kreeg. Waarschijnlijk weerspiegelde die regeling min of meer zijn gevoelens voor haar. Toen zijn besluit in het dorp bekend werd, werd er veel over gepraat. Sommigen lachten, anderen wisten niet wat ze ervan moesten denken. Maar in het huis zelf verliep de dag bijna eentonig, zoals bijvoorbeeld een dag in het leven van een boom, en alle dagen waren hetzelfde. De noodzakelijke dingen werden gedaan, het ene na het andere, en het was al alsof er niets meer veranderde. Alleen ging er heel langzaam een mensenzon onder, en het kind groeide op tot een meisje, en in haar ogen zag je al in welke wereld ze leefde en haar gedachten vormde. Halve dagen zat ze bij de oude man, alsof ze voelde dat het nu nog kon en straks niet meer. Een lammetje dat bijna stierf van eenzaamheid, kwam met haar mee en blaatte vriendelijk en weemoedig tegen hem. Maar hij was bijna als Abraham, die Isaak en Jakob niet meer uit elkaar kon houden wanneer de een rechts en de ander links van hem stond. Alleen de sterke armen van Julia, want door de regelmaat van het werk waren ze sterk geworden, die voelde hij en hij liet er zich graag door naar binnen brengen.

Op een ochtend, o, het was nog vroeg, zag hij de torens van de Onze-Lieve-Vrouwekathedraal. De weg die erheen liep, was een bergweg, een weg door de wolken. Hij volgde die weg met zijn woorden. Julia zat met tranen in haar ogen op de rand van zijn bed. Ze zag zijn geest zijn lichaam verlaten en was niet bij machte hem ook maar met één woord tegen te houden. De dood moeten we altijd gelijk geven.

Ze besefte opeens wat ze daarvoor al vaag had gevoeld, dat ze na zijn heengaan weer op die bank langs de weg zou zitten, waar mensen langsliepen die haar onderzoekend opnamen. Maar Jozef, de oude man, zou er deze keer niet bij zijn, en ze had het gevoel dat ze nu alleen iets had geleerd om des te meer te kunnen lijden. Want zoals de natuur iemand met één arm geleidelijk dwingt zijn hoofd, zijn andere hand, zijn voeten, ja, zijn hele lichaam te gebruiken in plaats van die ene ontbrekende hand, en er ineens tien handen van hem worden verlangd terwijl hij er maar één meer heeft – zo was het nu ook bij haar. Waarom heb je je ziel niet tot een bruikbaar schepsel in je lichaam opgeleid, waarom heb je zo weinig samenhang? Denk je soms dat ze je dan niet kunnen gebruiken? O, je bent nog goed genoeg als vogelverschrikker, als je nergens anders meer voor deugt. Ja hoor, dat kan nog wel... De tranen liepen onafgebroken over Julia's wangen. Dit was de ergste eenzaamheid, eenzaamheid die ontstaat door het sterven van een mens. Het kind bracht munt uit de tuin, alsof het de machteloosheid van haar moeder voelde. De stervende kwam steeds dichter bij zijn kathedraal. Hij luidde met zijn handen, alsof hij klokken nadeed. Ten slotte nam de kerk hem op. En weldra leek hij op een sarcofaag, langgerekt en toegedekt door de nacht van de eeuwige slaap.

Het kind liep weg. Maar buiten plukte ze bloemen en toen ze dacht dat ze er genoeg had, ging ze met haar bloemen en blaadjes om zich heen op een steen zitten wachten, zoals alleen kinderen dat kunnen. Het werd avond, het begon te schemeren, de Avondster stond al boven het huis van die goede mensenherder toen ze in slaap viel, en als Julia haar lievelingsplekje niet had gekend, had ze haar misschien niet kunnen vinden.

Er stonden kaarsen in kandelaars en in elke hoek van het

huisje heerste een zondagse orde. Het kind sliep alleen in het zijkamertje, liep 's ochtends tussen vreemde mensen rond en herkende haar thuis amper nog. Zo'n dodenwake is een uiterst serieuze aangelegenheid. We vergeten zoiets ons hele leven niet. En dat is ook goed. Wie de dood niet van zo dichtbij heeft gezien, is maar een half mens, want de dood hoort bij het leven. Eerst werden er schone lakens op het bed gelegd, alsof er een nieuwe gast in aantocht was, toen werd er bronwater gehaald, daarna azijn, en achter uit de kast pakten ze een doodshemd, stijf en op zijn manier verschrikkelijk. Daarna werd het lijk afgelegd. De aderen lagen bloot als bosgrond na hevige stortregens, en de botten staken uit en verhieven zich als het ware tot het enige wat de dood nog voorstelt. Voor iemand als Julia was het meest menselijke wat er bestond het meest onmenselijke; deze laatste dienst die ze hem kon bewijzen, viel haar ongelooflijk zwaar. Het ontbrak haar niet aan liefde, ze zou hem jaren op zijn ziekbed hebben verzorgd zonder erbij na te denken, maar het zien van de dode deed haar meer verdriet dan ze kon verdragen. En je moest ook zeer bij het leven betrokken zijn om zo'n oude man te kunnen wassen en kleden voor zijn graf. De boerendochters baden om beurten bij de kist, terwijl de anderen onder het kruisbeeld in de hoek van de kamer liturgische liederen zongen. Die geluiden gingen de hele dag en de hele nacht door, totdat het lichaam werd opgehaald. Er was leven in huis, maar het liep op zijn tenen, met gebogen hoofd. Er waren meer mensen dan er in het huis pasten en toch vulden ze de ruimte niet. Iedereen trok zich zo goed en zo kwaad als het ging op zijn eigen plaats terug. En hun onderlinge verbondenheid betrof niet henzelf, maar de dode. Ze gaven Julia allemaal een hand. Maar de dag na de begrafenis waren ze al niet meer zo toeschietelijk en op de derde dag was ze vergeten. En dat kwam niet alleen doordat ze een vreemde was en er op haar werd neergekeken vanwege haar kind. Nee, juist in deze streek zaten de meesten even klem als ijzer in de gloeiende tang van een smid, en niemand had veel tijd of zin om over anderen te praten of na te denken. Nee, het kwam doordat iedereen voelde dat ze geen mens was. Als ze uit zichzelf een goede verstandhouding met de wereld of desnoods alleen met zichzelf had gehad, zou ze bij haar buren vriendschap hebben gevonden. Maar nu stond datgene wat in haar binnenste alleen was, ook in de buitenwereld alleen.

Er kwamen twee vrouwen langs. Ze kregen allebei een toelage van de kerk en wilden de kamer huren die nu leegstond. Het waren geen goede zielen. Ze hadden niets van de zorgzaamheid van de oude man. Maar Julia gaf hun de kamer. Ze had haar eigen plannen met hen. Ze nam hen als pachter in dienst en droeg tegen een geringe vergoeding het vruchtgebruik van het huis aan hen over. Daarna naaide ze weer kleertjes voor het kind, jurkjes die niet alleen niet te klein waren, maar opzettelijk op de groei leken te zijn gemaakt, zodat ze een paar jaar mee zouden kunnen. Voor zichzelf waste ze wat kleren.

Wat is armoede toch snel reisvaardig. Twee bundeltjes en de zondagse kleren die je aanhebt, en je hoeft al niet bang meer te zijn dat je iets vergeet. Binnen heb je aan één blik genoeg om in je op te nemen wat er staat en hoe het er staat. De potplanten en de armzalige bloembedjes in de tuin zijn misschien de enigen die je met hun kleurige ogen proberen tegen te houden. Want als de sfeer gevoelloos wordt en er afwijzing heerst, wie weet of het dan niet de bloemen zijn die het eerst worden gehaat.

Maar soms duldt een afscheid geen tegenspraak. Nadat er wat aanwijzingen waren gegeven en afspraken gemaakt, verlieten ze het huis. De kleine Maria liep door de haar nog onbekende wereld alsof ze van glas was, en haar moeder leek het marktplaatsje waar ze jaren geleden doorheen was gekomen en de bank waarop ze had uitgerust al bijna vergeten te zijn. Het was weer lente, de lucht leek als een monter paard vrolijk wapperend door de wereld te stuiven. Hij bezeerde de hoge dennenbomen niet en deed ook de bloempjes of arme mensen geen pijn. Integendeel, alles ontwaakte. Het was de juiste dag voor een beslissing, het was de nieuwe, opengeslagen, nog lege bladzijde van een groot legendeboek. De kleine Maria kon er gemakkelijk naar binnen lopen en in de letters en de betekenis ervan verdwijnen. Eerst liepen ze de kerk in, waar het zilveren misbelletje het opnam tegen het zilveren stemmetje van het kind. Want het wist nog niet dat je in een kerk stil moest zijn. Voor Julia was die kerk als het voorvertrek van het klooster waar ze haar kind een paar jaar wilde onderbrengen. Ze liep door een klein deurtje naar buiten en belde aan bij de prefectes. Eenvoudige woorden worden snel begrepen. Ze duurden kort, zoals ook het afscheid kort moest zijn. En ze was nu nog armer, want ook het beetje geld dat ze nog had, liet ze achter. Alles ging zo snel, het kleine meisje had alleen even om zich heen gekeken. En weg was haar moeder. En alles zag eruit alsof het in een oud houten paneel was gekerfd. Hier had je een slaapzaal en daar een school. Er was ook nog ergens een tuin en aan het andere einde een eetzaal. En de kerk was overal, zelfs op de slaapzaal. Alleen haar moeder was nergens, waar ze ook op haar wachtte. Maar Maria was een kind dat bij voorbaat al min of meer gewend was aan haar lot. Ze voelde dat haar moeder dit zelf had gedaan en huilde daarom niet. Na een tijdje zou ze misschien ook niet eens meer aan haar moeder hebben gedacht en een kleine kloosterlinge zijn geworden. Maar de nonnen troostten haar en huilden vanbinnen haar niet-vergoten tranen. Weldra leerde ze lezen en schrijven, leerde ze de woorden om een gesprek te voeren en de woorden om te bidden. Ze leerde zingen, haken en bor- duren, een kamer en zelfs een huis op orde houden en voor eten zorgen. Ze zou vast een lekenzuster zijn geworden als ze door de nonnen niet de herinnering aan haar moeder had bewaard. En omdat haar nu eenmaal was geleerd haar moeder niet te vergeten, vergat ze haar ook niet. Dat was haar aard. Ze was een baken van gehoorzaamheid en een harmonische opvoeding geworden.

Ze was een klein wonder. Als een heilige in een doodskist. Maar ondanks die levenloosheid, die ze ook had geërfd, had ze toch een sterke kracht: ze belichaamde de geest van haar gouden achtergrond, de kerk. En ondanks haar grote onschuld moest ze dat zelf ook voelen, anders was ze niet geweest zoals ze was. De prefectes moest, hoe serieus ze anders ook was, altijd glimlachen als ze haar zag. Buiten leefde haar moeder misschien niet zoals het hoorde en ze vergat misschien het kleine heilige kruisje waarmee God haar had geëerd. Of ze kende helemaal geen God en bedankte hem nooit tot aan haar dood. Maar daar hadden de nonnen het niet over. Zeker niet tegen het kind. En dat was goed. Want wat weten wij uiteindelijk. De nood van een ziel is vaak een worsteling met de dood. Terwijl wij ver weg zijn en gissen, trekt de stam als het ware zelf zijn wortels uit de aarde. Ach God, hoe is het met zo iemand gesteld! Want hij sterft niet meteen nadat hij ontworteld is. Als een gebrandmerkte gaat hij door het leven en hij weet dat hij nergens thuis is. Zonder een moord te hebben gepleegd is hij toch Kaïn.

Eén ding staat vast: Julia ging naar een van de grote steden en zocht haar oude vrienden op. Maar ze waren haar vrienden niet meer. Door gebrek aan belangstelling en liefde hadden de banden zo'n lange afwezigheid en zoveel veranderingen niet doorstaan. Ze praatten allemaal langs haar heen en zij langs hen. Bovendien moest Julia de kost verdienen. Dus moest ze verder, ergens heen waar dat kon. Zo kwam ze weer in een kleine stad. Het was een tijd waarin iedereen als bij een volksverhuizing een nieuw leven zocht. Alleen was Julia niet zo ondernemend, ze ging niet naar Amerika en niet naar Jeruzalem. Een weverij nam ongeschoolde arbeidskrachten aan. Zij was er een van. Ze deed dat werk bijna tien jaar. Ze was zo stil en stelde zo weinig eisen dat ze haar als een van de hunnen beschouwden. Want haar lusteloosheid was alleen maar gemakkelijk voor de fabriek, een omgeving die welhaast geschapen leek voor zulke bloedeloze, onbezielde wezens, zoals zij er nu eenmaal een was. En dat die vrouw nooit iets ontvreemdde, of onbruikbare stalen voor zichzelf hield – wat toch oogluikend werd toegestaan –, leek ook al een wonder. Ook was het prettig dat ze zich nooit liet overplaatsen naar de weefstoelen waar patronen met ranken en bloemen werden gemaakt. Ze bediende eens en voor altijd de grijze weefstoel. En nooit mengde ze zich in een ruzie, nooit sloot ze vriendschap. Toch kon je haar niet ongelukkig noemen, nee, het had er meer van dat ze wel tevreden was, op een primitieve manier. Ze besefte nu eenmaal dat ze niet zelfstandig was en in zekere zin niet op eigen benen kon staan. Als de dood het nodig vond haar weg te halen uit het kleine huisje met de tuin, moest ze een ander onderkomen zoeken, zo eenvoudig was het. En omdat ze niet overal zo'n goede grijze vriend kon verwachten die niet alleen haar, maar ook het kind onder zijn hoede nam, moest ze voor het kind een eigen plek zien te vinden. Zo stonden de zaken ervoor. En het was een wonder dat ze dat begreep, en een nog groter wonder dat ze dienovereenkomstig handelde. Natuurlijk werd ze door niemand gestoord in het enige harmonieuze wat ze nog bezat. Maar ze moest al in haar kinderjaren en haar vroege jeugd, zelfs voor haar geboorte, in het rusteloze bestaan van haar voorouders, gebroken, onderdrukt en beschadigd zijn, tot uitputtens toe. Was het dan niet een engel die haar handen op die manier vouwde? En die haar als een bloemengeur op het juiste moment beval hem blindelings, in het besef van haar tekortkomingen, te volgen?

Een engel die haar maatregelen liet nemen voor de toekomst? Want in haar eentje zou ze dat nooit gekund hebben – in haar eentje miste ze alleen al de energie die iemand anders of een instelling wel kon opbrengen. In haar eentje, zonder meester, zou ze er nooit in geslaagd zijn haar kind in dat boerenhuisje op te voeden. Ze zou de zin van die opvoeding ook nauwelijks hebben ingezien, want voor haar, vanuit haar standpunt, was het leven in wezen leeg en dor. Dat was het ook wanneer ze in gezelschap van anderen verkeerde, alleen verdroeg ze het dan geduldig, met vriendelijke dankbaarheid, als een aardig geschenk waar ze niet om had gevraagd.

Natuurlijk was dit niet het inzicht van een dag of van een enkele teleurgestelde liefdesnacht, want al uit de kleinste belevenis in haar kinderjaren had ze kunnen opmaken wie en wat ze was. Het was niet iets wat ze plotseling had ontdekt. Het waren alle uren van haar leven bij elkaar die haar duidelijk hadden verteld: je bent stuntelig op het onnozele af, een sukkel in de diepste zin van het woord. Je bent zonder liefde, ook al ben je geduldig en bijna goed. Want je liefde heb ik door vorst in de lente gedood. En zonder liefde kan een mens niet echt leven. Desondanks wil ik, de natuur, je niet dood laten gaan. Je zult tot het eind toe ervaren wie en wat je bent en wie en wat anderen zijn. Ik gun je ook wel iets en wil je zelfs het een en ander bijbrengen. Maar ook dat zal je in wezen niet verrijken. Alleen armoede en wat je wordt ontzegd, alles wat je niet kunt voelen en nooit zult krijgen, zal je deel zijn. Dat is mijn bedoeling, die je trouw moet blijven. En die trouw zal, zo je wilt, je enige overwinning zijn.

Dat was wat het lot voor haar had beslist. Onbeschrijfelijk hard en toch mild, wegnemend, weigerend en toch gevend, ja, over haar uitstrooiend. Want over een dergelijk inzicht beschikken is een grote gave. Natuurlijk verweefde ze in haar grijze weefsel vaak gedachten aan die ene straat in dat marktplaatsje en aan de bank, ja, de bank. En aan de oude man en het huis. Maar ze weefde zonder ongeduld mee met de langzame groei van de tijd, tot de straat ten slotte een straat werd, de bank haar ongedeerd liet passeren en het klooster van haar kind wenkte als een devoot borduurwerk. Ze had het geluk dat de twee arme vrouwen die haar huis hadden gepacht na al die jaren te oud werden en zich ergens moesten inkopen. Zo kon ze het huis zonder problemen betrekken. Maar eerst belde ze bij de prefectes aan om haar kind te halen. Ze kende het meisje. Het was precies zoals ze het zich had voorgesteld. Zoals ze daar stond met haar koffertje, volwassen en toch nog een kind. Maar een puur, onbuigzaam kind, van wier zwakte men haar kracht had gemaakt. Ze hoefde niet officieel afscheid te nemen van de prefectes, want op dat moment betekende haar vertrek niet meer dan een overgang van het ene naar het andere klooster. En een kus voor de herenigde moeder en dochter was er ook niet bij, in plaats daarvan knikten ze elkaar respectvol toe. Een kus is iets wat bij het eind van het leven hoort.

Susanna

Wij kinderen speelden ons moe bij het open raam. De dag was nog niet voorbij, maar voor ons was het tijd om tot rust te komen.

Mijn zus praatte hard.

Toen kwam er een meisje binnen. Ze had lange bruine vlechten. Haar jurk en schort waren grijs. We moesten onze mond wel houden, het nieuwe meisje zag er zo verstandig uit. 'Ik hoorde dat er kinderen in huis waren, mag ik meespelen?'

We speelden en toen de klok acht keer sloeg, pakte ze haar breiwerk weer en liep ze terug naar haar eigen woning.

Daarna kwam onze moeder thuis en we zeiden tegen haar: 'Susanna is hier geweest.'

In die jaren zat ik talloze malen met mijn rug tegen de muur van het huis naar de tuin te kijken, alleen, met mijn pop op schoot, terwijl mijn dromen over de groene paadjes dwaalden.

Toen ik op een keer bij ons voor een dichte deur stond, liep ik naar de woning boven ons.

Daar was Susanna. Ze stond bij het keukenraam een tekening uit te gummen.

Haar moeder sneed aan een lange tafel brood en verdeelde het over de borden.

Zoals ik haar toen zag, zou ze me altijd bijblijven: lang en mager, een donker gelaat en effen zwarte kleding. Ze bood me vriendelijk een boterham aan omdat het vespertijd was. Daarna ging ik weer weg.

Bij mijn volgende bezoek liep het al tegen Kerstmis. Een lamp op de tafel verspreidde groen licht. Het gezin zat eromheen. De moeder was aan het breien, een paar broers tekenden. Anderen bladerden in tijdschriften met plaatjes.

De vader zag ik nog nergens. Dus liep ik meteen naar de grootste broer en vroeg fluisterend: 'Kun je mijn pop beter maken? Haar hoofd is eraf gevallen.' Op de muziektafel lagen een paar prentjes, die ik mocht hebben en die hij voor me op de eerste bladzijde van een album plakte. Er werd steeds op een fluistertoon gesproken. Ze hadden elkaar daar zelden iets te vertellen. En ik haalde het ook niet in mijn hoofd om kabaal te maken. Eén keer lachte ik en de vloer kraakte onder mijn voeten. Toen stond de man aan het hoofd van de tafel op, boog zijn witte hoofd in mijn richting en bulderde: 'Stilte!'

Alles was bij mij alweer in vergetelheid geraakt toen mijn lieve moeder zei: 'Je kunt weer naar boven, Susanna is er.'

Ik keek omhoog en vroeg me in gedachten iets af.

'Ze heeft roodvonk gehad, ze ligt in bed.'

Er was daar een kamer met twee bedden. Susanna lag met haar gezicht naar het raam. Haar ogen en haar lange bruine haar waren nog net als toen. Maar haar wangen waren bleek.

Dag in dag uit zat ik aan haar bed en kletsten we weer net als vroeger. Er kwamen ook broers en zussen bij haar zitten, ze wisselden elkaar af, en er kwamen meisjes uit de buurt om haar wat afleiding te bezorgen.

Als de vredige stilte in de kamer was weergekeerd, haalde ik vaak een aardigheidje tevoorschijn, een van mijn dierbare spulletjes die mijn moeder als cadeautje voor haar in mijn zak had gestopt.

'Wil je het niet liever zelf houden?' vroeg Susanna steevast voor ze haar hand uitstak. Maar ik genoot zo openlijk met haar mee dat alles eigenlijk van ons allebei was.

Toen ik op een keer weer bij hen binnenkwam, zat ze in de

woonkamer in een hoekje van de bank. 'Ze gaat zichtbaar voor-uit,' zei haar moeder. Maar ik vond Susanna stil en een beetje verdrietig. Na een tijdje brachten haar zussen haar weer naar haar kamer. Ze liep als een oude vrouw en ook haar postuur was ver-anderd. Alleen al daardoor begreep ik dat ze niet vrolijk was. Toen ze eindelijk weer in de kussens lag, hadden ze het met haar over een rolstoel die ze voor de periode van haar herstel wilden kopen.

De dokters kwamen. Twee grote, donkere mannen, en ik nam aan dat de witharige man dat op zijn geweten had.

Ik ging naar beneden en speelde Vrouw Holle bij de put voor de tuin. Er gingen weken voorbij voor ik weer naar boven liep voor een bezoek aan Susi, zoals mijn speelkameraadje werd genoemd.

Op een vroege ochtend in de lente riepen haar broers en zussen me weer bij haar. Susanna zat met roodbruine wangetjes rechtop in bed met bonte lapjes te spelen en te zingen. Iedereen was zo blij. De zon brandde nog niet, hij scheen in onze ziel.

Toen kwam er een meisje uit de buurt binnen. Ze had een slanke pop met een gebreid vestje, een hoedje en andere mooie poppenkleertjes meegebracht, alsof het een geschenk was. Maar dat was het niet. Ze duwde mij weg bij het bed en speelde met haar pop zodat Susanna het kon zien. Ik ergerde me aan haar be-hendigheid en haar drukke manier van doen. Ik moest steeds aan haar rode haar denken.

Ze keerde haar gezicht naar de vroege zon en zei: 'Susanna, morgen ben je jarig! Geef je geen feestje?'

Susanna zei niets. Maar haar moeder wierp ons vanuit de keu-ken een glimlach toe, waaruit we opmaakten dat ze een verrassing voor ons in petto had.

Het buurmeisje raapte tevreden haar poppenspulletjes bij elkaar en vertrok.

Daarna kwam Susi's moeder bij haar bed zitten en praatte met haar over de volgende dag.

'We zetten de deur natuurlijk voor je open.'

De dag ging voorbij en de ochtend brak aan en was even mooi als de vorige.

Er stonden boterbloemen en vergeet-mij-nietjes op de ladekast en er lagen allerlei cadeautjes. Het boeket hadden de broers in alle vroegte ver buiten de stad geplukt en voordat Susanna haar ogen opende, hadden ze samen met de anderen vol heimelijke vreugde de cadeautafel klaargemaakt. Ze maakten haar bed op met feestelijk wit beddengoed en vlochten rode linten door haar haar.

In haar handen hield ze een sprookjesboek dat ze altijd graag las. Iedereen was stil. Ze waren allemaal bezig.

Toen werd het middag en haar dertien gasten zaten in feestkledij met een wit schort voor rond haar bed te babbelen. Ze vertelden over school en speelden pandverbeuren en daarna zaten ze blij en onbezorgd te smullen.

Ze vergaten gewoon dat Susanna ziek was. De kinderen sleepten stoelen aan en deden een wild kringspelletje op de klanken van een mars.

Toen ze met zachte hand de kamer uit werden geduwd, kwam de grote oude vader thuis met een enorme doos onder zijn arm. 'Raad eens, Susi, wat erin zit,' zei hij tegen haar. 'Toch niet voor mij?' vroeg Susanna onzeker, voordat ze iets vermoedde. Hij haalde een grote pop met blond haar, een blauwe halsketting en een rijkversierd hemdje uit de doos.

Toen trok hij zich terug in zijn studeerkamer. De kinderen namen meteen daarna afscheid en wensten haar nogmaals beterschap.

Susanna hield de pop zwakjes in haar handen. Ze pakte hem onrustig weer in en zette de doos aan het voeteneinde van haar bed.

Daarna gaf ze me een hand, ten teken dat ik moest gaan of stil moest zijn of er niet aan moest denken. Maar de pop keek me door de houten achterkant van het bed kil aan en ik verroerde me niet, terwijl Susanna zwetend en kreunend in slaap viel.

Susanna ging dood. Dat wisten we, zij en ik, door de pop.

Iemand sloeg de sprei terug, verschoonde de lakens en suste Susi weer in een rustige slaap. Maar de pop viel op de grond kapot.

Mijn moeder riep me voor het avondeten. Toen ik in de donkere nacht onverwachts mijn ogen opsloeg, was het alsof ik boven me, in de kamer van Susi, iemand hoorde huilen.

De volgende ochtend was ik heel vroeg weer bij haar. Woordeloos gebaarde ze naar een olielamp; ze wilde hem verder weg hebben. Het was gemakkelijk te begrijpen. Maar ze kon het niet meer zeggen. Het werd daar boven nog stiller dan eerst, zodat Susanna er niet steeds aan hoefde te denken dat ze haar spraak kwijt was.

Ze werd doof. Ze had haar ledematen niet meer in bedwang. En haar ogen doofden uit.

Haar vader liep door de kamer heen en weer, diep gebogen.

Ik wilde alles weer vergeten en zat met mijn speelgoed net als vroeger tegen de muur van het huis, met mijn gezicht naar de tuin.

Op een keer kwam onze dienstbode met betraande ogen achter me aan en zei: 'Susi is dood.' Nu wist ik het en ik liep de straat op en wachtte op mijn moeder.

Ze was druk in gesprek met een dame, maar ik viel haar in de rede en zei: 'Moeder, Susi is dood.'

Dat ze schrok was voor mij genoeg. Ze haastte zich naar huis en de dame draaide zich peinzend om. Ze keek omhoog naar de gesloten luiken.

Maar mijn leed was nog niet geleden.

Bij de andere poort stonden de broers en zussen. Ik zei het ook tegen hen. Ze gooiden hun schoolboeken op de grond en vlogen het huis in. En mijn zus Helene kwam naar me toe. 'Ik heb het tegen de kinderen gezegd, tegen iedereen. Susi is dood.' Ze werd bleek, toen zei ze zonder verwijt: 'Wij zeggen niet dood, wij zeggen dat ze is heengegaan.'

Daarna liep ze met me door de straten en praatte ze over andere dingen. Het verging haar net als mij, haar ziel was in de war.

Het waren nu allemaal vreemden, de mensen in huis. Ik ging

voor haar raam in het trappenhuis staan en keek naar de rouwenden die in en uit liepen, en naar de kransen. En naar de rouwkaarten die in de bus vielen; en naar alles wat zo ver van mijn hart afstond.

Haar moeder kwam naar buiten, lang en in het zwart, en ze vroeg huilend: 'Wil je Susi nog even zien?'

Ze lag in de doodskist. Dat wist ik. Ik rilde en liep naar beneden naar de tuin.

Mijn pop lag bij de muur. Susi was altijd zo vrolijk. Ik dacht aan haar.

Toen kwam er een stoet schoolmeisjes in het zwart de hoek om. Ze volgden een wagen.

'Susanna is nu in de hemel. Maar Helene zal ook vanavond weg zijn, het kerkhof is zo ver. De klokken luiden.'

Nawoord

Traag van geest

'De naam Regina Ullmann hebt u ongetwijfeld weleens gehoord, in ieder geval van mij. Het gaat om de schrijfster wier wederwaardigheden ik al meer dan twintig jaar volg en voor wie ik soms het pad heb mogen effenen. Ik beschouw het als een voorrecht dat ik indertijd al heb beseft hoe belangrijk zij is; mijn waardering voor Regina Ullmann is door de jaren heen alleen maar gegroeid en velen hebben me van lieverlee gelijk gegeven.'

Het was Rainer Maria Rilke die in zijn brief van 8 november 1926 aan Georg Reinhart, de mecenas uit Winterthur, zo vehement opkwam voor een schrijfster wier proza volgens hem 'in de toekomst naast teksten van Georg Büchner of Matthias Claudius in anthologieën zal worden opgenomen'. Waren Rilkes inspanningen tevergeefs? Weliswaar is er in 1978 bij uitgeverij Kösel in München nog een tweedelige editie van haar werk verschenen, in 1979 bij Bibliothek Suhrkamp een selectie uit haar verhalen – beide uitgaven bezorgd door de onvermoeibare literaire wichelroedeloper Friedhelm Kemp – en in 2000 bij de Zwitserse uitgeverij Huber een door Charles Linsmayer samengestelde bundel korte verhalen, maar het is de vraag wie vandaag de dag Ullmann nog kent en leest. Zelfs in Zwitserland, waar zij ooit werd geprezen door de grootste geesten, van Carl J. Burckhardt en Max Picard tot Max Rychner en Werner Weber, is de schrijfster uit St. Gallen tegenwoordig even onbekend en vergeten als Robert Walser tot in de jaren zestig.

Zal ook Regina Ullmann, die in haar beste proza een vergelijking met Walser niet alleen gemakkelijk doorstaat, maar er zelfs om vraagt, opnieuw worden ontdekt, zal ook haar tijd nog komen? Ik betwijfel het eigenlijk. Of er zouden hedendaagse schrijvers moeten opstaan met een reputatie vergelijkbaar met die van Rilke, die zich sterk voor haar maken. Misschien zou dat haar weer uit haar isolement halen. Anderzijds passen dat isolement en bijgevolg haar afwezigheid in het literaire leven bij het karakter van de schrijfster. Waarom zou iemand niet verloren gaan? Ze zou het zelf gevraagd kunnen hebben. Ook Robert Walser had er zich in Herisau bij neergelegd dat hij verloren was gegaan. Van Werner Weber weten we dat Regina Ullmann tijdens een boottochtje met Carl Seelig op de Urnersee, toen ze het over Walser en zijn opname in de psychiatrische inrichting van Herisau hadden, opgemerkt moet hebben dat de arme schrijver eigenlijk benijdenswaardig was, omdat hij zich in de schaduw blijkbaar geborgen voelde. Meteen daarna zou ze die uitspraak hebben teruggenomen: 'Nee, niet benijdenswaardig...'

Toen ik in 1954 of 1955 in St. Gallen te gast was bij Hans Rudolf Hilty, uitgever van het literaire tijdschrift *Hortulus*, had ik niet alleen Robert Walser, die op 25 december 1956 in Herisau dood in de sneeuw werd gevonden, maar ook Regina Ullmann, die vijf jaar later stierf, nog een bezoek kunnen brengen – of hen in elk geval in levenden lijve kunnen aanschouwen in het mooie Appenzellerland, verwoede wandelaars als ze beiden waren. Curieus, het idee dat die twee samen zouden zijn gaan wandelen. Hoewel ze elkaar nooit hebben ontmoet, zouden ze vast niet slecht bij elkaar hebben gepast; ook Walsers zus Lisa en zijn vriendin Frieda Mermet zouden in de wat plompe, boerse vrouw, die nooit met de mode meedeed, vermoedelijk geen 'onpassend gezelschap' voor Robert hebben gezien.

Ullmann stond net als Walser 'steevast voor de deur van het leven', die voor haar net zomin opening als voor hem, ook zij maakte zichzelf liever kleiner dan groter – 'in haar eigen huis door zichzelf onder de trap gezet', zo beschrijft ze een van haar vrouwelijke personages –, ook zij cultiveerde de wil tot onmacht, die in haar werk tot datgene leidde wat Martin Walser ooit met het oog op Robert Walser (en met een woord van hem) 'onverbiddelijkheidsstijl' noemde. 'Buiten haar wil volgde ze haar wil', zo klinkt de onverbiddelijkheidsstijl bij Regina Ullmann. Wie behalve Robert Walser had zoiets nog meer kunnen schrijven?

De woorden die Ullmann op deze zin laat volgen, zou je bij Walser weer niet zo snel aantreffen: 'Dat brengt de kerk tot stand.' Nadat ze als zevenentwintigjarige voorgoed tot het besef was gekomen dat er voor haar geen plaats was aan de tafel van het leven, zocht ze een goed heenkomen onder het grote dak van de katholieke kerk, terwijl Walser zijn hele leven geen andere bescherming zou aanvaarden dan die van het schrijven (tenzij je zijn opname in de psychiatrische inrichting als een soortgelijke vlucht wilt opvatten). Overigens werd de kerk voor Ullmann anders dan voor Brentano uit Walsers gelijknamige prozastuk 'geen diep verborgen graf', waar Walsers personage binnenging en waarna 'er niets meer van Brentano werd vernomen'; Ullmanns bekering, die in november 1911 onder invloed van de Münchense broer en zus Anna en Ludwig Derleth plaatsvond in Altötting, verlamde haar niet, maar stimuleerde haar eerder – en ook de heidense, demonische kant van haar karakter verdween er niet door. Haar katholicisme was niet imperialistisch en militant, zoals dat van haar 'bekeerder' Ludwig Derleth, en berustte ook niet op intellectuele ambities zoals dat van Elisabeth Langgässer of de schrijvers van de Renouveau catholique, een filosofische, maatschappijkritische en vooral ook literaire beweging die zich vanuit Frankrijk verspreidde; zij voelde zich aangetrokken tot het boers-naïeve, barokke, Beierse katholicisme, het katholicisme van de trage geesten.

Regina Ullmann, op 14 december 1884 in St. Gallen geboren, was wat men 'een achterlijk kind' noemt. In tegenstelling tot haar kordate zus Helene, die met reuzenpassen het leven en de wereld in stapte, slaagde de slome Regina, die nauwelijks van haar moeders zijde week, er niet in haar schuchterheid te overwinnen. Als ze al probeerde te praten, bracht ze het meestal niet verder dan wat gestotter. Haar contact met de wereld verliep aanvankelijk niet via de taal, maar uitsluitend via haar ogen, haar waarnemingen. En die ogen keken ieder een andere kant op, zodat het leek alsof ze de wereld allebei apart aanschouwden. Regina keek scheel. Het bleek onmogelijk haar op haar zevende op school te doen, en ook toen ze als achtjarige terechtkwam op een privéschool voor geestelijk licht gehandicapte kinderen, lagen de andere meisjes, die allemaal een jaar of twee jonger waren, altijd ver op haar voor. Rega, zoals ze toen werd genoemd, was en bleef 'de laatste'. Ook later, toen ze op haar elfde naar de openbare lagere school en op haar veertiende naar het middelbaar onderwijs ging, viel ze op door haar extreme traagheid en lukte het haar nooit iets te doen wat de naam 'prestatie' verdiende. Presteren was iets waarvoor ze kennelijk vanaf het begin volstrekt immuun was.

Een van de redenen daarvoor zou kunnen zijn dat ze er voor haar gevoel in St. Gallen niet bij hoorde; qua afkomst was ze een buitenstaander, een vreemde, minstens zo vreemd als het huis dat haar vader kort na haar geboorte aan een van de mooiste pleinen van St. Gallen had laten bouwen, van rode baksteen, tegen de plaatselijke bouwstijl in. Haar vader, Richard Ullmann, was geen Zwitser, ook al kwam hij uit de buurt, uit Hohenems in de Oostenrijkse deelstaat Vorarlberg, waar hij als zoon van de Joodse arts Ludwig Ullmann in 1842 was geboren. Richard Ullmann was avontuurlijk van aard en hield het in het benauwde Vorarlberg niet uit; hij was nog maar negentien toen hij naar Amerika vertrok, zich uit enthousiasme voor het standpunt van de noordelijke staten aanmeldde voor het leger en als artilleriesergeant van 1861 tot 1865 meevocht in de Amerikaanse Burgeroorlog. Na een lang verblijf in Engeland, waaraan hij zijn liefde voor de baksteenarchitectuur, zijn commerciële kennis en zijn handelscontacten te danken had, ging hij niet meer terug naar het autocratische Oostenrijk, maar vestigde hij zich in het democratische Zwitserland, in St. Gallen, dat indertijd dankzij zijn in de hele wereld populaire borduurwerk een bloeiende industriestad was, die zich kon laten voorstaan op een dagelijkse sneltreinverbinding met Parijs. Richard Ullmann begon hier een bedrijf voor de afwerking van Zwitserse borduurstoffen, dat dankzij zijn handelsbetrekkingen met Engeland spoedig floreerde. In 1881 trouwde hij met Hedwig Neuburger uit Ulm, wier vader, de fabrikant Isaak Neuburger, en moeder, Helene Neuburger-Maier, lid waren van de Joodse Gemeente. In 1883 kwam Helene ter wereld, een jaar later Regina. Het geluk van het gezin was van korte duur: in mei 1889 stierf de vader aan de gevolgen van een longontsteking, die de gepassioneerde jager op groot wild tijdens een jachtpartijtje had opgelopen.

Het verlies van haar vader – het Gottfried Keller-lot – bracht Regina Ullmann de tegenspoed op jeugdige leeftijd die de voorwaarde schijnt te zijn voor serieus kunstenaarschap. Dichter word je als kind.

Onze vader is gestorven
ons geluk is bedorven.

Zo rijmde het meisje van vijf. Omdat het kind kennelijk vaak haar toevlucht zocht in het schrijven van rijmpjes, maakte de moeder van haar achterlijke dochter een 'dichteres', die als een soort tegenbewijs voor haar achterlijkheid staaltjes van haar kunnen moest geven als er bezoek was. Om zich eens en voor altijd van die beproeving te verlossen droeg het dichteresje op een dag op de drempel van de woonkamer de volgende vier regels voor:

Dichten vind ik fijn,
maar soms komt er geen.
Mijn gedichtjes zijn klein,
ik dicht voor mij alleen...

Bij die laatste versregel verdween ze weer. Merkwaardig genoeg hield Regina's moeder ook daarna onverdroten vast aan het idee dat haar dochter ooit dichteres moest worden en zorgde ze er zelfs voor dat ze op het lyceum les in versleer kreeg. En het moet gezegd, ook al was ze bij lange na geen literair wonderkind, er waren allerlei aanwijzingen dat Regina als kind al dichterlijke gevoelens had. Zo scheen er voor haar geen scheidslijn te bestaan tussen de realiteit en verschijningen. Toen ze op een dag als twaalfjarige van school naar huis liep, verscheen er zelfs een engel aan haar, die vlak boven haar hoofd langs zweefde. Ze was er niet van onder de indruk toen ze hem hoorde zeggen: 'Doe nooit iets wat je niet ten overstaan van iedereen kunt doen!' Dertig jaar later ontdekte ze, toen wel diep onder de indruk, deze zin letterlijk in de geschriften van Theresia van Avila.

In 1902 verkocht Hedwig Ullmann haar huis in St. Gallen en verhuisde ze met haar beide dochters naar München, naar een klein appartement aan de rand van de Englischer Garten. Voor de nog maar zeventienjarige Regina was de verhuizing aanvankelijk een schok. Doordat ze eerder schrok van de vele indrukken in München dan dat ze zich ertoe aangetrokken voelde, raakte ze nog meer in zichzelf gekeerd en begon ze met haar taal de wereld van haar kinderjaren te verkennen. Er ontstond een reeks prozateksten, waarvan ze er later een paar goed genoeg vond om te worden opgenomen in haar boek *Von der Erde des Lebens*, dat in 1910 verscheen – met een voorwoord van Rainer Maria Rilke. Maar voordat Rilke in haar leven kwam en haar ook in de literaire wereld iets van het diepe respect bezorgde dat hij zelf voor haar koesterde, had ze nog lange jaren voor de boeg, waarin ze vaak overweldigd dreigde te worden door leed en verdriet en waarin alleen het schrijven haar voor het ergste behoedde. Daarbij was het niet haar eigen lichamelijke en geestelijke nood die haar het diepst raakte, maar de ellende van anderen; het zwaarste leed werd haar toegebracht door haar onvoorwaardelijke medelijden.

Door de gave van het tweede gezicht, voor haar meer een vloek dan een zegen, voelde Regina Ullmann onheil weliswaar aankomen, maar ze was niet in staat zich eraan te onttrekken. Veelzeggend is het verhaal over het eenzame, verwarde jonge meisje dat haar was opgevallen tijdens de colleges literatuur en kunstgeschiedenis die ze af en toe aan de universiteit van München volgde. Ze had haar mee naar huis genomen, waar de jonge Oostenrijkse al snel een regelmatige gast werd. Toen zij haar vriendin op haar beurt een keer bij haar ouders thuis in Wenen uitnodigde, leidde dat bij Regina tot een beangstigende emotionele uitbarsting en verbrak ze de vriendschap abrupt. Na de geschrokken vraag van het meisje hoe een onschuldige uitnodiging zo'n reactie teweeg kon brengen, stamelde Ullmann slechts: 'Omdat mij in Wenen de zwaarste tijd van mijn leven wacht.'

Niet lang daarna zou ze inderdaad naar Wenen gaan en we mogen aannemen dat de omstandigheden waaronder ze daar op 23 januari 1906 een buitenechtelijke dochter ter wereld bracht, ronduit ondraaglijk waren. Samen met die dochter, Gerda (wier vader Hans Dorn was, de latere hoogleraar economische wetenschappen aan de technische universiteit van München), en haar moeder verhuisde ze in het voorjaar van 1906 naar een boerderij in de buurt van Admont in Stiermarken, waar ze een jaar bleef. De kennismaking met die boerse, archaïsche wereld werd voor haar een soort openbaring, die haar ook inspireerde tot het merkwaardige dramatische dichtwerk dat onder de titel *Feldpredigt* in de herfst van 1907 als haar debuut bij uitgeverij Demuth in Frankfurt verscheen.

Feldpredigt, minstens even ongeschikt voor een uitvoering op toneel als de 'dramoletts', de vroege toneelstukjes in dichtvorm van Robert Walser, gaat over een arm boerengezin met een veertienjarige verlamde, achterlijke zoon, innig bemind door zijn moeder en vooral zijn grootmoeder, maar door zijn vader uitgemaakt voor overbodige mond om te voeden en een ramp voor het gezin. Op een ochtend wordt de jongen buiten gevonden, gestorven van uitputting: op handen en voeten is hij 's nachts het veld op gekropen en heeft hij het met zijn blote handen 'bewerkt'. Wat gemakkelijk als sentimentele Blut und Boden-kitsch zou kunnen overkomen als je alleen naar de intrige kijkt, is in werkelijkheid een houtsnedeachtig scherpe ballade in een eigenzinnige taal. Rilke, aan wie Ullmann het stuk op aandringen van haar moeder in de zomer van 1908 stuurde, reageerde vanuit Parijs spontaan en enthousiast:

Dat ik u toch zo vol overtuiging kan zeggen wat voor moois u hebt gemaakt. Ik lees uw boek voor de tweede keer en zal het hierna opnieuw lezen, want het enorme plezier dat ik eraan beleef, kan ik maar langzaam verwerken. Ik moet u vertellen dat ik vanochtend, toen ik aan het ontbijt zat met de grote beeldhouwer Rodin, zo vol was van uw mooie boekje dat ik het hem probeerde te beschrijven; ontoereikend en onhandig, denk ik nu, want in mijn verkorte weergave heb ik het niet gehad over het tafereel met de boodschapper en het gesprek met de Dood, die in mijn verslagje eigenlijk niet hadden mogen ontbreken. (...) Hij leek net zo verrast als ik. (...) Over het geheel genomen is het zoiets moois, waars en eenvoudigs, iets waarvoor we u niet genoeg kunnen bedanken en waarom we u van harte moeten bewonderen. (...) Ik kan me niet voorstellen dat een kracht die zulke serene en echte gedachten vormt (...), dat zo'n bescheiden en innige, met zichzelf bezige kracht door oprecht betuigde bijval bedorven kan worden of zich te veel gaat verbeelden. Bovendien schrijft u dat u onder druk staat en u verweert, en dan kan niets u beter helpen dan dat iemand die dat begrijpt, u verzekert dat uw hart met grote dingen verbonden moet zijn, in verwantschap en beginnende vriendschap, als het uw bloed aanzet tot zulke dichterlijke vormen en zo'n authentieke intrige. Houd u vast aan wat u al hebt gepresteerd, ik kan me niet voorstellen dat uw handen daar moe van worden en het los moeten laten, het maakt deel van u uit, u vormt met dat alles een geheel. Het ga u goed. Uw toegenegen Rainer Maria Rilke.

Waarschijnlijk was het niet alleen uit enthousiasme over *Feldpredigt* dat Rilke de jonge schrijfster zo vlug en nadrukkelijk antwoordde; hij moet ook hebben gevoeld dat Ullmann in gevaar verkeerde. De 'druk' waarop ze in haar brief aan Rilke kennelijk had gezinspeeld, had te maken met haar terugkeer naar München, om precies te zijn naar Schwabing met zijn bohème, die toen zo ongeveer het middelpunt van de oppositie tegen het wilhelminische Duitsland vormde en de meest uiteenlopende figuren aantrok, ook van buiten het Rijk. Regina Ullmann was het beschoren de kleurrijkste van allemaal, de anarchistische psychiater Otto Gross uit Graz te leren kennen, die in München-Schwabing een soortgelijke 'meester'-rol speelde als Ludwig Derleth, Alfred Schuler en Stefan George.

'De belangrijkste mens die ik in mijn leven heb ontmoet. Ondanks alles...', zo luidde bijvoorbeeld het oordeel van Franz Werfel over Otto Gross, die in Werfels romans *Barbara oder Die Frömmig-*

keit en *Die schwarze Messe* een sleutelrol speelt, evenals trouwens in Johannes R. Bechers roman *Abschied*, in Leonhard Franks roman *Links wo das Herz ist* en in Franz Jungs roman *Sophie.* Zelfs Franz Kafka, die Otto Gross maar één keer heeft meegemaakt, tijdens een treinreis van Boedapest naar Praag, toonde zich diep onder de indruk van de man zelf en van zijn gedurfde theorieën over de afschaffing van het patriarchaat en de 'seksuele revolutie', die Gross twintig jaar vóór Wilhelm Reich en veertig jaar vóór Herbert Marcuse had ontwikkeld – en zelf in praktijk probeerde te brengen. Een van zijn slachtoffers was Regina Ullmann, die hem waarschijnlijk eind 1907 voor het eerst ontmoette, toen Gross nog een charismatische persoonlijkheid was en zijn verval zich nog nauwelijks aankondigde. Tenslotte had Sigmund Freud hem en C.G. Jung de enige originele denkers onder zijn leerlingen genoemd, ook al distantieerde Freud zich later radicaal van hem en zijn seksuele libertinisme en belandde hij zelfs in de rol van de wrekende vader, aan wie Gross al zijn hele leven probeerde te ontsnappen.

Otto Gross, wiens vader een in alle wereldtalen vertaald handboek voor forensisch onderzoek had geschreven en als de eigenlijke grondlegger van de criminologie werd beschouwd, was in zijn haat tegen zijn vader niet minder fanatiek dan de vader in zijn haat tegen zijn zoon, die hij dwars door Europa liet achtervolgen, telkens weer in inrichtingen liet opsluiten en ten slotte onder curatele liet stellen. Dat zijn eigen zoon een crimineel, een aan drugs verslaafde bedrieger, dief en vagebond werd, zou je uiteindelijk nog kunnen interpreteren als een vorm van verzet van de zoon tegen de vader. Otto Gross was populair in Schwabing. Dat zijn fanatisme en labiliteit juist de vrouwen onder zijn aanhangers eerder aantrok dan afstootte, kan alleen betekenen dat zijn erotische uitstraling even groot moet zijn geweest als zijn welbespraaktheid, die naar het schijnt weer vrijwel uitsluitend in dienst stond van zijn erotomanie. 'Zijn gezicht, dat nu eens leek op dat van een geestelijke, dan weer op dat van een zich achter spot verschuilende toneelspeler, veranderde voortdurend,' schrijft Ullmann in haar verhaal 'Konsultation', waarin de trekken van de geraadpleegde arts gemakkelijk te herkennen zijn als die van Otto Gross. In de periode waarin zij hem als psychiater consulteerde en een verhouding met hem kreeg, was hij tegelijkertijd de minnaar van Else von Richthofen, de toenmalige echtgenote van Edgar Jaffé, later getrouwd met Max Weber, en ook van haar zus Frieda, die zich eerst door hem had laten overhalen zich uit een op jonge leeftijd gesloten huwelijk met een victoriaanse leraar los te maken en de levensgezellin van D.H. Lawrence te worden, zodat de 'ideologische bruidsschat' van dokter Gross tot uitdrukking zou kunnen komen in diens romans. Toen Else Jaffé in 1908 een kind van hem verwachtte, waren ook zijn eigen vrouw Frieda Gross-Schloffer en Regina Ullmann zwanger van de psychiater.

Otto Gross weigerde de schrijfster financieel te ondersteunen. Toen zijn vader ter ore kwam dat hij gif binnen Regina's bereik had achtergelaten en de zwangere vrouw had aangespoord zichzelf te doden – iets wat ze later zelf bevestigde – liet hij zijn zoon, die in Ascona al eens een patiënte tot zelfdoding had aangezet en om die reden voor de rechter had moeten verschijnen, met behulp van een psychiatrisch attest, nota bene afkomstig van Sigmund Freud, overbrengen naar het krankzinnigengesticht Burghölzli in Zürich, waar de aan drugs verslaafde zoon al eens eerder een ontwenningskuur had ondergaan. De ziektegeschiedenis van zijn tweede verblijf in Burghölzli is geschreven door niemand minder dan C.G. Jung en bevat ook uitspraken van Frieda Gross, de vrouw van de patiënt, waaruit blijkt dat Otto Gross niet alleen een belangrijke rol voor Regina Ullmann speelde, maar zij ook voor hem. Dat wordt vooral duidelijk door de neerbuigende toon waarop Frieda Gross zich uitlaat over de morele en artistieke eigenschappen van de schrijfster. Zo staat er te lezen:

In de loop van dat jaar begon hij (O.G.) met de 'behandeling' van een Jodin, Rega Ullmann (die al een buitenechtelijk kind had), en ondanks krachtig protest van zijn vrouw en vrienden overschatte hij die persoon ongelooflijk. Ze doet wat aan schrijven, maar schijnt niet bijzonder getalenteerd te zijn. Hij was echter van de genialiteit van U. overtuigd en wilde door middel van een analyse het genie in haar bevrijden. Uiteindelijk liet hij zich ertoe verleiden een kind bij haar te verwekken. In die tijd gebruikte hij grote hoeveelheden opium. Geen smeekbeden of vermaningen van zijn vrouw konden hem van die stap weerhouden. Tijdens die 'behandeling' verkeerde hij altijd in grote opwinding. Hij analyseerde U. vaak nachtenlang en beweerde dat zijn lot van die behandeling afhing.

Emanuel Hurwitz, die deze ziektegeschiedenis opnam in zijn in 1979 verschenen boek over Otto Gross, voegt hieraan toe: 'Je krijgt niet de indruk dat Jung zich heeft afgevraagd of Gross wellicht gelijk had met zijn oordeel over de schrijfster.'

Dat Gross kennelijk overtuigd was van Ullmanns genialiteit, had vermoedelijk niet zozeer te maken met wat ze tot dan toe had gepubliceerd en wat hij misschien niet eens kende, als wel met haar gedrag, haar ongewone verschijning en de innerlijke gloed die iedereen met wie ze destijds in contact kwam verraste, van Karl Wolfskehl tot Hans Carossa, van Robert Musil tot Thomas Mann. De onoverbrugbaar lijkende kloof tussen haar bijkans kloosterlijke teruggetrokkenheid en een soort eruptieve honger naar de wereld, tussen haar broeierige, haast zwakzinnig overkomende zwijgzaamheid en een plotseling opkomende vurigheid, een soort spreken in tongen, moet een sterke indruk op haar tijdgenoten hebben gemaakt. Degenen die haar hoorden vertellen, ervoeren haar als een profetes en als vulkanisch natuurgeweld, aldus de Zwitserse schrijver Albert Steffen, die door Rilke op haar attent was gemaakt

en schreef: 'Ze worstelde met de woorden als een twaalfjarig meisje. Maar ze was een begenadigd vertelster en als ze op dreef kwam,
groeide ze uit tot een vrouwelijke skald. Daarna haperde ze weer
en leek ze een schuchtere boerin.'

Aan de schilderes Lou Albert-Lasard, die eveneens via Rilke met
de schrijfster in contact was gekomen en later een hechte vriend-
schapsband met haar kreeg, danken we niet alleen drie belangrijke
portretten van Ullmann, maar ook een van de indringendste be-
schrijvingen van haar gedrag:

Regina Ullmann leek uit een andere tijd, een andere wereld
te komen. Ze zat stijf op een stoel, met op boerse wijze
gevouwen handen. Met die intense, visionaire blik in
haar ongelijke ogen deed ze denken aan een oude volkse
houtsculptuur. Ze leek eerder te profeteren, te verdoemen
dan te vertellen, als ze traag, bijna stotterend over dingen
sprak die ver af stonden van alles wat gewone stervelingen
bezighield. Of ze nu het verhaal van een dienstmeid op het
platteland of dat van een blinde vertelde, haar toon was
episch breed en verhief zich soms tot haast Bijbelse groot-
heid. Het waren bijna monologen, hier en daar onderbro-
ken door een hese lach, die zo onbewust was dat je erdoor
werd verrast. Ze praatte, ze lachte, alsof ze zich naar binnen
keerde.

Dat Gross zich tot die oneindig kwetsbare, wonderlijke heilige
aangetrokken voelde en dat ze met haar tomeloze medelijden
zijn prooi zou worden, was waarschijnlijk onvermijdelijk. Op 18
juli 1908 bracht Regina Ullmann haar tweede buitenechtelijke
dochter ter wereld, de dochter van Otto Gross, die ze Camilla
noemde. Op dat moment had Gross zich al aan zijn verdere behandeling onttrokken door de benen te nemen uit Burghölzli; zijn
hele verdere leven was een nachtmerrieachtige aaneenschakeling

van vluchtpogingen – voor zijn vader, voor instanties en autoriteiten, voor gevangenissen en gekkenhuizen –, die eindigde met zijn ellendige dood op 13 februari 1920 op het binnenterrein van een fabriek in Berlijn, waar hij volledig verzwakt en verwaarloosd werd aangetroffen; 'per ongeluk' werd hij op een Joods kerkhof begraven.

Aus Es soll Ich werden, het ik moet zich losmaken uit het onbewuste. Met dat recept van Freud zou Ullmann als vertelster niet ver zijn gekomen. Haar 'genie', dat Gross door middel van psychoanalyse had willen 'bevrijden', ontplooide zich veel beter in het donker, in de sfeer van het onbewuste, van de zuivere intuïtie, dan in het licht van de bewustwording. Rilke herkende haar somnambule aard intuïtief als haar sterke kant en als de bron van haar creativiteit. 'Uw ziel is als een blindgeborene die is opgevoed door een ziener,' schreef hij in het voorwoord bij haar tweede boek, de in 1909 verschenen verhalenbundel *Von der Erde des Lebens*. Hoewel Rilke in de zomer van 1909, toen Ullmann hem om dit voorwoord vroeg, hard aan het werk was aan *Die Aufzeichnungen des Malte Laurids Brigge* en het vreselijk vond om gestoord te worden, voldeed hij onmiddellijk aan haar verzoek, zonder zich er routinematig van af te maken en zich te beperken tot een vaderlijke aanbeveling; in plaats daarvan koos hij de vorm van een brief aan de schrijfster, die hij toen nog niet persoonlijk kende:

De ongewone verwondering die uw werk bij mij oproept, lijkt te worden ingegeven door het feit dat ook het niet-ervarene, gebrekkige, onverwerkte in uw verhalen een stelligheid bezit, een goed geweten zogezegd, waar geen twijfel tegen bestand is. In een geschoolde tijd als de onze zie je zelden een dichterlijke uitdrukkingswijze die zulke tegengestelde bestanddelen bevat, want je kunt niet zomaar zeggen dat rijp en onrijp hier naast elkaar staan, het is eerder alsof iets wat nog helemaal ruw is onder iets wordt geschoven wat op sublieme wijze is voltooid, en wel zo dat het prachtige, ondersteund door het ruwe, in een vaste, stabiele positie komt, een 'rusten op', waarvan je zonder meer aanneemt dat het voor eeuwig is. (...) Mijn verwondering is misschien nog wel het grootst als ik eraan denk hoe bij u bijna overal, als in een gelijkenis, het voorlopige verwijst naar het definitieve, er de voorloper van is, er hartstochtelijk van is vervuld. En daarbij is het onderwerp vaak zo gering dat je geneigd bent het als nietszeggend en simpel te beschouwen. Maar u kerft er een mond in en wat die zegt is groot.

Juist doordat er voor hem geen 'gering onderwerp' bestaat of doordat hij in het geringst gewaande onderwerp het grote en betekenisvolle opspoort, onderscheidt de ware dichter zich van het type schrijver dat de 'grote story' en de 'belangrijke stof' nodig heeft om er zijn gebrek aan waarneming achter te verbergen. 'Wie veel te zeggen heeft, komt toe met weinig stof, verzinsels en motieven,' schreef Robert Walser, voor wie – evenals voor Regina Ullmann – ieder onderwerp groot genoeg was om er iets belangrijks over te zeggen, en die zich tegelijkertijd – ook in dat opzicht is de verwantschap verbluffend – gaarne verschool achter de sluier van 'zijn geringe persoontje' en zich als knaap, page, onbenul of knecht voordeed. Ook Ullmann presenteerde zich toen ze allang moeder van twee kinderen was in haar verhalen bij voorkeur nog als 'meisje', 'ten teken van haar geslotenheid', zoals Friedhelm Kemp het uitdrukte; je zou ook kunnen zeggen: van haar ongenaakbaarheid.

'Traden ze al als hun eigen rechter op, terwijl anderen nog dachten dat ze ongenaakbaar waren? Of waren ze werkelijk ongenaakbaar?' staat er in het verhaal 'De oude man'. Zo'n aura van ongenaakbaarheid hangt er vooral ook rond dat opmerkelijk dubbelgangerige wezen over wie Ullmanns verhaal 'Het meisje' gaat. Op een dag is ze er plotseling, alsof ze uit de hemel is gevallen of uit een boers votiefbeeld is gestapt, arm als een bedelares, alsof het niet anders kan, en zelfs 'bijna knap. Ze zou echt knap zijn als het geluk in haar leven niet ontbrak.' Een oude man ontfermt zich over dit schepsel. 'Kom mee,' zegt hij, 'bij mij kun je voor je kind en jezelf de kost verdienen', terwijl ze nog helemaal geen kind heeft. Maar dat komt al vlug, alweer alsof het uit de hemel is gevallen, de vertelster denkt er niet aan ons iets over de herkomst van dat kind te vertellen; wat evenwel niet komt, zijn de handigheid en het greintje schranderheid die het meisje zou moeten hebben om de oude man een beetje van dienst te kunnen zijn en fatsoenlijk te kunnen zorgen voor het kind, dat Maria wordt genoemd. Het stuntelige meisje heeft een hoop dingen nu eenmaal niet in huis, maar wat ze niet mist, is het vermogen om lief te hebben.

Dat Regina Ullmann veel eerder dan Robert Walser was blijven steken als Rilke niet zo vastberaden voor haar was opgekomen, staat wel vast. Rilke heeft haar unieke kwaliteiten niet alleen meteen herkend, hij ging ook als een zendeling voor haar op pad, introduceerde haar bij al zijn vrienden, vriendinnen, uitgevers en beschermheren en bezorgde haar op die manier niet alleen telkens weer inkomsten en giften, maar vooral ook vrienden, om precies te zijn vriendinnen, die het leven voor de bedeesde schrijfster in materieel en menselijk opzicht gemakkelijker maakten. Een van die vriendinnen was de actrice Ellen Delp, Lou Andreas-Salomés aangenomen dochter, die later Ullmanns eerste biografe werd. Rilke zelf ontmoette zijn beschermelinge pas in oktober 1912 in levenden lijve. Over die ontmoeting in het Münchense hotel Marienbad schreef Regina Ullmann op hoge leeftijd in aangrijpende bewoordingen:

Toen op een dag in hotel Marienbad Rilkes tengere, middelgrote gestalte met haastige passen naar me toe kwam, was ik al verloren. Ik kon werkelijk alleen maar 'ja' en 'nee' zeggen en deed dat maar al te bereidwillig, omdat ik blij was in elk geval nog over die twee woorden te beschikken. (...) Zelfs het weergaloze talent van de schrijver om zijn gedachten onder woorden te brengen maakte de situatie niet minder ongemakkelijk. Daarom zei hij, bijna een beetje zoals een dokter het gedaan zou hebben: 'Zullen we samen iets lezen, Regina Ullmann? Claudel misschien? U kent hem niet? U zou... vindt u het goed om morgen om drie uur terug te komen?' – 'Ja,' antwoordde ik... Het was alweer het enige woord dat ik over mijn lippen kreeg.

Rilkes enorme waardering voor Ullmann blijkt ook uit het feit dat hij de gedichten die ze destijds nog naast haar verhalen schreef, voor haarzelf in veiligheid bracht, want ze had de gewoonte om alles wat haar bij herlezing niet meer beviel meteen te verscheuren. Rilke kreeg haar zover dat ze hem al haar gedichten ter hand stelde. De gedichten die hij geslaagd vond, schreef hij eigenhandig over, waarna hij ze teruggaf. (Harde kritiek oefende hij maar één keer uit, toen zij op de meest argeloze wijze geprobeerd had in de trant van Rilke te schrijven. 'Dat moet u nooit meer doen, begrepen?' zei hij tegen haar. 'Nooit meer!') Van Katharina en Anton Kippenberg kreeg Rilke ten slotte gedaan dat Ullmanns gedichten in 1919 bij Insel Verlag – 'zijn' uitgeverij dus – konden verschijnen.

Over een optreden van een uit haar gedichten voorlezende Regina Ullmann, waar hij ook Ellen Delp mee naartoe had genomen, schreef Rilke op 9 februari 1919 aan Anton Kippenberg:

Haar bijzondere karakter maakte onlangs weer veel indruk toen ze met enige zelfoverwinning voor een gezelschap van ongeveer dertig zorgvuldig gekozen genodigden voorlas uit haar gedichten. We hadden werkelijk het gevoel dat er een nieuw geestelijk metaal op onze innerlijke weegschaal werd gelegd, bijna verbijsterd moesten we met nieuwe gewichten antwoorden... En de persoon die daar voor ons stond en op verheven toon tot ons sprak, toonde monsters uit de mijn waarmee haar leven sinds haar kindertijd letterlijk is verbonden.

In hedendaagse ogen blijven Regina Ullmanns gedichten misschien niet helemaal overeind, ze halen het in elk geval niet bij haar fraaiste verhalen. 'Dat mooie omslachtige' van haar proza, waarin Wilhelm Hausenstein terecht het peetschap van Adalbert Stifter en Jeremias Gotthelf herkende, komt in de gedichten vaak over als iets wat niet goed in elkaar zit, niet af is, er ontstaat iets rolsteenachtigs, een soort buiten de oevers treden, terwijl er juist sprake zou moeten zijn van een krachtig inperken, van reductie van het beeld tot ideaalbeeld of oerbeeld, kortom: van verdichting.

Stifter en Gotthelf – die twee namen vestigen de aandacht ook op een sfeer buiten het sociale stadsleven, de sfeer van het platteland. Nadat Rilke in 1915 Ullmanns *Feldpredigt* weer eens had gelezen – 'Ik kan er niets aan doen, nog altijd uw allermooiste, uw goddelijke werk, waarin u gewoon gehoorzaam was, in het diepst dienend, godgevallig en kalm door een engel geleid' – gaf hij haar in een brief de raad de stad te verlaten:

> Hebt u niet dringend weer het platteland nodig, moet u niet altijd op het platteland wonen om zoiets te scheppen? (...) Men moet overdag koeien zien om zulk een rust en rijkdom in de woordlagen te bereiken, koeien en mensen die niet (zoals wij in de stad) in een hoop woorden uiteenvallen zodra je ze aanraakt, maar die als het ware de bakvorm van een woord zijn, van één enkel woord, altijd hetzelfde, dat 's zondags in hen wordt gebakken.

In de herfst van 1915 verhuisde Regina Ullmann met haar moeder van München naar Burghausen, waar ze in een wachttoren op de oude vestingmuur boven de Salzach woonde en niet alleen bijen hield, maar ook aan een tuindersopleiding begon. (Haar twee dochters had ze bij pleegouders in Feldkirchen bij München achtergelaten, nadat ze er – ondanks de voorspraak van Rilke – niet in was geslaagd op zijn minst Camilla onder te brengen op de Odenwaldschule, een als vooruitstrevend bekendstaande kostschool.) Maar het leven op het platteland en de lichamelijke activiteiten waarmee het gepaard ging, vormden geen garantie voor innerlijke rust, net zomin als innerlijke rust een garantie vormde voor een vruchtbaar schrijverschap, ook niet toen ze twee jaar later naar Mariabrunn ten noorden van München verhuisde, waar ze – deze keer alleen – onderdak vond in een herenhuis dat eigendom was van de Russische dichter Igor von Jakimov. In die in financieel opzicht uiterst karige jaren, waarin ze zich behalve met schrijven ook bezighield met bloemen- en groenteteelt, had ze telkens weer last van zware depressies, waaraan ze trachtte te ontsnappen door onvoorbereide wandeltochten met min of meer onbekende bestemming; ze nam de eerste de beste trein, stapte op een willekeurig station uit en ging tot na middernacht te voet verder, tot ze ergens een hotel vond waar ze kon overnachten. Ook hier tekent zich weer een opvallende overeenkomst af met Robert Walser en zijn – vooral nachtelijke – geforceerde marsen. Ook werkte bij beide auteurs het rusteloze en doelloze van hun wandeltochten door in hun schrijven, als een beweging waar-van in het begin niet vaststaat waar ze toe leidt, zodat je beter kunt spreken van een zich-overgeven-aan-het-schrijven, waarbij je nauwelijks meer verschil ziet tussen het willekeurige en het onwillekeurige.

In een brief waarin hij haar nu eens met 'u', dan weer met 'jij' aanspreekt (Ullmann had hem namelijk kort daarvoor gevraagd of ze in plaats van 'jij' weer 'u' mocht zeggen), vatte Rilke die karakteristieke manier van schrijven als volgt samen:

> In dat onwillekeurige vertellen, vastpakken en loslaten van
> dingen in uw innerlijk leven zit structuur en het leidt tot
> een vorm, ook als je er gewoon aan toegeeft en *het* zijn
> gang laat gaan.

In een brief aan een vriendin, Eva Cassirer, heeft Rilke het over
'het dictaatachtige van Ullmanns werk', waarvoor de schrijfster zo
'kinderlijk rein, gedwee en deugdzaam' zou zijn gebleven. Nergens
wordt dat dictaatachtige duidelijker dan in de verhalen die tussen
1917 en 1923 in Mariabrunn ontstonden, toen ze door eenzaamheid en ellende vaak de landweg op werd gedreven en een soort
zwerver werd. Een van de aangrijpendste verhalen uit die tijd heet
dan ook 'De landweg' en het is geen toeval dat ze die titel later
ook als titel koos voor de bundel met alle verhalen die ze in die
periode schreef.

Een van de andere verhalen in de onderhavige, opnieuw uitgegeven bundel, het verhaal 'Over een oud uithangbord', waarvan
Rilke telkens als hij het las of voorlas tranen in zijn ogen kreeg
en dat hij tegenover Katharina Kippenberg van uitgeverij Insel
bestempelde als 'zonder meer een van de meesterwerken van de
Duitse vertelkunst, een Insel-boekje meer dan waard', schreef de
anders altijd zo trage Ullmann in drie dagen, inderdaad alsof het
haar werd gedicteerd.

Terwijl Ullmann er in het verhaal 'Over een oud uithangbord'
in slaagde het geweld van een ongelukkige hartstocht op afstand
te houden door het in de vorm van een – weliswaar gruwelijke
en bloederige – legende te gieten, alsof ze niet meer was dan een
gehoorzame kroniekschrijfster, worden we in 'De landweg' onverhoeds geconfronteerd met haarzelf en haar hoogst persoonlijke
misère. Daar verschuilt ze zich niet achter andere paria's, daar is ze
het zelf – en daar zegt ze 'ik'.

Ik ken geen ander proza – behalve dat van Adelheid Duvanel (die in veel opzichten een volgelinge van Ullmann lijkt) – waarin de essentie van een depressie zo tastbaar wordt als hier. 'Ik was mezelf al ontvallen,' zegt de vertelster over zichzelf, en toch voelt ze zich door indrukken van buitenaf nog diep gekwetst en wordt elke ontmoeting, zelfs die met een onschuldige fietser – een heel gewone man met een rode zakdoek in zijn vestzak – een nachtmerrie.

Ze is haar kern kwijt, ze ziet geen mogelijkheid meer om de pijn te verplaatsen, want hij zit overal. Maar dan hoort ze opeens het hongerige gekrijs van varkens en ziet ze een grijze, wat onnozele en afgebeulde varkenshoeder – weer een van haar trage geesten! –, die van de hardvochtige waard brood krijgt dat nog harder is dan het brood dat hij de varkens voert. Door zich te identificeren met een vreemde en het hem ingeschapen leed, vindt ze haar kern terug, namelijk de mogelijkheid om over dat leed te vertellen, en dat verzacht haar pijn.

Zo eindigt het tweede deel van deze driedelige vertelling, waarin tot slot, op Robert Walserachtige wijze, verlies verandert in winst:

Mettertijd leerde ik het verlies zo waarderen dat het me belangrijker leek dan de rijkdom van het leven, waarvoor ik van de natuur zoveel talent dacht te hebben meegekregen!

Dat die overlevingsstrategie van een door het leven versmade geen rust geeft, dat zelfverzekerdheid iets blijft wat Ullmann altijd meer moet voorwenden dan dat ze het bezit, blijkt uit de volgende zinnen:

Toch moeten jullie niet dwars door mijn leven heen naar me roepen, zoals die vogels waarvan je plotseling de woorden verstaat, dat die kennis van het lijden een vooruitbetaling was van mijn loon voor dit bestaan. Door de dagelijkse wederkeer heb ik alles immers terug moeten betalen. Het besef dat me de eerste dag nog sterkte, richtte me de volgende dagen te gronde.

Regina Ullmann verborg haar eigen leed meestal achter dat van anderen, ze leidde de aandacht af van zichzelf en deed dat virtuoos. Maar ook al zijn de vernederde en verslagen personages in haar verhalen 'een onbeschreven blad', ze komen ongeacht hun afkomst of beroep plotseling heel dichtbij, doordat de schrijfster haar eigen lot heeft verwerkt in wat ze schreef. Of het nu om de blinde bakkersvrouw, de gebochelde vioolbouwer of de onnozele varkenshoeder gaat, of om een van de vele dienstmeisjes voor wie in Ullmanns verhalen het leven 'de arme gast aan hun tafel' is – allemaal bezitten ze los van de last en de beslommeringen van het dagelijks werk één ding: hun illusies. Nooit degradeert de schrijfster hen tot 'een sociaal geval'. Door de kracht van het verhaal worden ze veeleer uit hun ellende gehaald en naar een mooie tijdloosheid getild, zonder dat er verraad wordt gepleegd aan die ellende.

'Als je altijd actueel wilt zijn, moet je over eeuwige dingen schrijven,' stelde Simone Weil. Tot de eeuwige dingen waar Ullmanns vertelkunst zich als vanzelf op richtte – ook al liet ze zich inspireren door de meest vergankelijke, meest tijdgebonden armoede – behoren wezens die door hun onvoltooide ontwikkeling nog dicht bij hun oorsprong staan: kinderen... en dieren. Ongetwijfeld heeft Ullmanns affiniteit met kinderen te maken met het feit dat ze zelf zo langzaam en moeizaam 'volwassen' werd en zich nooit helemaal los wist te maken van haar oorsprong, maar zich voelde als 'een reusachtig rotsblok, nog maar voor de helft uitgehouwen', zoals ze in een brief aan een beschermvrouwe van Rilke, Nanny Wunderly-Volkart, schreef. Ook toen ze al een oude vrouw was, moet dat kinderlijke aan haar nog zijn opgevallen, dat het mooist tot uitdrukking komt in haar vermogen om zich te verbazen. Verbazing is immers een voorwaarde voor de verering van alles wat bestaat, de verering in Ullmanns verhalen die aan Jeremias Gotthelf en Adalbert Stifter doet denken en waardoor haar werk zich zo onderscheidt van het literaire spektakel dat veel van haar tijdgenoten veroorzaakten. Dat angst, verwarring en ontsteltenis diepe sporen in haar werk hebben getrokken en ze nooit is gezwicht voor de verleiding om ze weg te moffelen ten gunste van een 'gave wereld', toont de ware betekenis van die verering. Regina Ullmanns mateloze heilsverlangen kwam voort uit onheil.

Het zijn juist kinderen en dieren, de meest weerlozen dus, die het onheil tot slachtoffer kiest. Ook de nood van het meest verachte dier, bijvoorbeeld een muis die in de val is gelopen, gaat de schrijfster ter harte, opgenomen als ze zich voelt in een complex van schuld en verantwoordelijkheid. 'Wij zijn verbonden met alle kwellingen die om ons heen worden ondergaan. Ze staan in ons leven gegrift. We dragen ze als schuld met ons mee,' staat er in haar verhaal 'De muis', dat bijna kafkaëske vormen aanneemt.

Dat schoonheid een dochter is van de angst – voor de waarheid van die uitspraak van Goethe leveren Ullmanns verhalen telkens weer het ontroerendste bewijs. De moeite die het haar kostte om die schoonheid te ontwringen aan haar gekwelde, eenzame bestaan, breekt telkens weer met geweld door de stof van de verhalen heen en verleent ze hun karakteristieke barsten. En je wordt je pas echt van die moeite bewust als je haar brieven leest, die doen vermoeden in welke miserabele omstandigheden de schrijfster nog steeds verkeerde, ook toen haar literaire betekenis meer en meer werd opgemerkt. Robert Walser, die financieel niet veel opschoot met de aandacht en het respect die hij in elk geval vond bij zijn belangrijkste tijdgenoten, van Hofmannsthal en Musil tot Kafka, wist zich zoals bekend te redden met zijn 'prozastukjes'; hij wierp zich met ongelooflijke ijver op als trouw leverancier voor de culturele pagina's van Duitstalige kranten. Maar Regina Ullmann met haar trage geest stond het vertellen of liever het schrijven slechts bij vlagen ter beschikking, met daartussen lange perioden waarin ze verstomde. Haar oeuvre is dan ook klein en ze had met geen mogelijkheid van haar werk kunnen leven.

Het Amerikaanse oorlogspensioen van veertig dollar per maand dat haar moeder tot het eind van haar leven kreeg ('afkomstig van mijn vaders bevrijdingsveldtocht, die plaatsvond toen mijn moeder een jaar was'), was voor moeder en dochter niet genoeg om van te bestaan en de giften waar Rilke telkens weer zijn best voor deed, bleven sporadisch. Dat Ullmann dacht te kunnen rondkomen van de opbrengst van de honing uit de door haar-zelf uitgesneden raten of van de tenen manden die blinden in Heilbrunn haar hadden leren vlechten, tekent haar aandoenlijke wereldvreemdheid. Vanaf 1921 betaalde uitgeverij Insel haar wel-iswaar maandelijks vijfhonderd mark – wederom op aandringen van Rilke –, maar het gevolg was dat ze zich verplicht voelde als tegenprestatie 'iets groots' te scheppen en volledig opging in het werk aan een roman die nooit afkwam. Door wat Rilke het 'dic-taatachtige' van haar schrijven noemde, was ze ongetwijfeld ook niet voorbestemd voor werk van grotere omvang dan een verhaal of gedicht.

Omdat de bundel *De landweg,* die in 1921 bij Insel was ver-schenen, de uitgeverij niet genoeg opleverde, wees Katharina Kippenberg in de zomer van 1932, toen er geen Rilke meer was om dat te beletten, de publicatie van een tweede verhalenbun-del van de Zwitserse schrijfster af. *Vom Brot der Stillen* verscheen vervolgens bij een Zwitserse uitgeverij, bij Eugen Rentsch in Er-lenbach-Zürich. Voor Regina Ullmann zelf was het nog te vroeg om naar haar geboorteland terug te keren. Wel was ze sinds een lezing in haar geboortestad St. Gallen – waarbij alweer Rilke een bemiddelende rol had gespeeld – met enige regelmaat te gast bij welgestelde Zwitserse families en mocht ze op uitnodiging van Werner Reinhart in 1927 zelfs als eerste gast na Rilkes dood in diens toren van Muzot logeren. Ook probeerde ze zich in 1928-1929 in Zwitserland met het gieten van wassen beelden, waarvoor ze in het Schweizer Landesmuseum in Zürich een cursus had gevolgd, weer eens in een tweede beroep te bekwamen om zichzelf een bestaansbasis te verschaffen. Maar ze bleef in die tijd aan München gebonden, door haar moeder, die steeds hulpbehoevender werd, maar ook door de inspirerende betrekkingen die ze er onderhield met zulke uiteenlopende schrijvers als Rudolf Kassner, Karl Wolfskehl, Hans Carossa, Thomas Mann, Wilhelm Hausenstein – en vooral met de actrice Ellen Delp.

Helaas geeft Ellen Delps in 1960 verschenen biografie ons even weinig uitsluitsel over de gemoedsgesteldheid van de schrijfster voor en na de nationaalsocialistische machtsovername als bijvoorbeeld over haar relatie met de twee mannen die de vaders van haar dochters werden. Zoals de biografe die dochters geen woord waardig keurt, zo wordt ook over de Joodse afkomst van Regina Ullmann met geen woord gerept. Ullmann, die in 1935 door de Duitse schrijversbond werd geroyeerd, woonde vanaf 1936 in Salzburg, waar haar moeder, die er stierf, volgens de Joodse traditie werd begraven. Bij de Anschluss van Oostenrijk verbleef Ullmann gelukkig net in Florence, zodat ze via Lugano naar haar geboortestad St. Gallen kon vluchten, waar ze de volgende twintig jaar onderdak en verzorging vond in een door nonnen van de Menzinger orde geleid tehuis, het Marienheim. Haar 'half-Joodse' dochters bleven in München achter; pas in 1947 zag ze hen terug.

In 1959 – Regina Ullmann was intussen door de zogenaamde 'burgerbrief' een volwaardig burger van de gemeente St. Gallen geworden en had de pas in het leven geroepen Cultuurprijs van de stad gekregen – nam Camilla, die als verpleegster werkte en in Kirchseeon in de buurt van München woonde, haar inmiddels hulpbehoevende moeder bij zich in huis. Ondanks ernstige sclerose en darmkanker reisde ze van daaruit meermaals naar het eiland Reichenau voor een bezoek aan Ellen Delp, die zich daar na de oorlog had gevestigd. In 1960 beleefde ze nog de verschijning van haar verzameld werk in twee delen bij uitgeverij Benzinger. Op 6 januari 1961 stierf ze na een heupfractuur in het ziekenhuis in Ebersberg. Begraven werd ze in Feldkirchen in de buurt van München, niet in haar geboortestad.

'Ik had de laatste zeven jaar van mijn leven in St. Gallen niet willen missen,' schreef Ullmann ooit, 'ze hebben mijn wereldbeeld zijn ongeschondenheid teruggegeven.' Zo'n teruggave zou natuurlijk nooit mogelijk zijn geweest als ze niet zelf vanaf het begin iets onschendbaars had gehad, dat misschien juist haar traagheid nodig had als schild.

In haar verhaal 'De landweg' schreef ze: 'Als ik denk aan de verdrijving uit het paradijs, lijkt die me nog niet zo lang geleden.' Waarschijnlijk was het paradijs voor Ullmann met haar trage geest iets dichterbij dan voor de meeste mensen – ook voor de meeste schrijvers. Daarom was ook de pijn van de verdrijving bij haar sterker aanwezig. Niettemin was ze er tegelijk van overtuigd dat aan ieder van ons – niet alleen aan dichters en schrijvers – iets uit het paradijs is meegegeven. 'En iedereen moet er zelf voor zorgen dat hij het niet helemaal opmaakt!' Regina Ullmann heeft haar geschenk uit het paradijs niet alleen niet opgemaakt, maar het met haar schrijven ook behoed en op wonderbaarlijke wijze vermenigvuldigd. Het zou zonde zijn als dat geschenk voor de jongere generaties verloren ging.

Peter Hamm